Un désir royal

W0348683

JENNIFER FAYE

Un désir royal

Traduction française de
LOUISE LAMBERSON

AZUR

HARLEQUIN

Collection : Azur

Titre original :
IT STARTED WITH A ROYAL KISS

© 2022, Jennifer F. Stroka.
© 2023, HarperCollins France pour la traduction française.

Ce livre est publié avec l'autorisation de HARLEQUIN BOOKS S.A.

Tous droits réservés, y compris le droit de reproduction de tout ou partie de l'ouvrage, sous quelque forme que ce soit.
Toute représentation ou reproduction, par quelque procédé que ce soit, constituerait une contrefaçon sanctionnée par les articles 425 et suivants du Code pénal.

Si vous achetez ce livre privé de tout ou partie de sa couverture, nous vous signalons qu'il est en vente irrégulière. Il est considéré comme « invendu » et l'éditeur comme l'auteur n'ont reçu aucun paiement pour ce livre « détérioré ».

Cette œuvre est une œuvre de fiction. Les noms propres, les personnages, les lieux, les intrigues sont soit le fruit de l'imagination de l'auteur, soit utilisés dans le cadre d'une œuvre de fiction. Toute ressemblance avec des personnes réelles, vivantes ou décédées, des entreprises, des événements ou des lieux serait une pure coïncidence.

Le visuel de couverture est reproduit avec l'autorisation de :

© 2020 STACEY GREEN/SHUTTERSTOCK/ROYALTY FREE

Tous droits réservés.

HARPERCOLLINS FRANCE
83-85, boulevard Vincent-Auriol, 75646 PARIS CEDEX 13
Service Lectrices — Tél. : 01 45 82 47 47 - www.harlequin.fr
ISBN 978-2-2804-8754-2 — ISSN 0993-4448

Composé et édité par HarperCollins France.
Imprimé en mai 2023 par CPI Black Print (Barcelone)
en utilisant 100% d'électricité renouvelable.
Dépôt légal : juin 2023.

FSC
www.fsc.org
MIXTE
Papier issu de sources responsables
FSC® C159065

Pour limiter l'empreinte environnementale de ses livres, HarperCollins France s'engage à n'utiliser que du papier fabriqué à partir de bois provenant de forêts gérées durablement et de manière responsable.

1.

Indigo Castellanos n'arrivait pas encore à croire qu'elle s'était retrouvée face à face avec le prince Istvan de Rydiania. Elle n'avait pas été impressionnée par lui, pas du tout, mais impossible de nier qu'elle avait été fascinée par les magnifiques yeux bleus ressortant sur le beau visage à la peau hâlée. Quant au somptueux torse nu, il lui suffisait d'y repenser pour que son cœur s'emballe aussitôt.

Jamais elle n'aurait cru le rencontrer. Lorsqu'elle avait accepté de venir travailler au Ludus Resort, elle connaissait les liens du prince avec cet endroit. Mais la station balnéaire étant vaste, elle s'était dit qu'elle ne risquerait pas de le croiser.

Par conséquent, quand elle s'était retrouvée en face de lui, elle avait été si surprise – notamment par la beauté du prince – qu'elle en était restée sans voix et n'avait pu prononcer un mot.

Indigo se ressaisit. Elle avait succombé à un bref instant de faiblesse, voilà tout. Aussi beau soit-il, cet homme n'en appartenait pas moins à la famille qui avait banni son père de son pays. D'autre part, elle avait autre chose à faire que de penser à ce prince qu'elle ne reverrait sans doute jamais.

— Se tient-elle comme il faut ?

La voix haut perchée de la femme ramena Indigo au présent. Se redressant sur son tabouret, elle se concentra sur la petite fille qui posait pour elle sous l'immense parasol rouge.

— Oui, dit-elle à la mère de l'enfant. Votre fille est parfaite.

— Ah ? Vous fronciez les sourcils…

— Excusez-moi, l'interrompit Indigo en se forçant à sourire. Je fronçais les sourcils parce que par moments, je suis un peu gênée par les reflets du soleil sur l'eau.

Il fallait qu'elle fasse attention. Parce que si les clients étaient mécontents, personne ne lui demanderait plus de portraits rapides et elle perdrait son travail. Or elle en avait besoin pour financer les soins médicaux dont sa mère avait besoin.

C'était l'art qui avait aidé Indigo à ne pas sombrer durant la période difficile qui avait suivi la mort de son père, laquelle avait causé l'effondrement de sa mère. Ç'avait été très dur, mais Indigo n'avait jamais baissé les bras. Elle n'avait jamais perdu espoir, ni cessé de croire en un avenir meilleur.

Délicatement, elle détacha la feuille du chevalet et montra le portrait à la mère de l'enfant, qui le contempla sans sourire. Mais quand elle le montra ensuite à la petite fille de neuf ans et lui demanda si elle était contente, le grand sourire qui illumina le visage rond aux joues pleines suffit à la récompenser.

— Je vais le montrer à toutes mes copines !

— Tu n'as pas oublié quelque chose ? répliqua aussitôt sa mère.

La petite fille regarda Indigo.

— Merci.

— Je suis ravie que ça te plaise.

— Puis-je le voir ? demanda alors une voix profonde et mâle.

Indigo tourna la tête et, une fois encore, fut fascinée malgré elle par la beauté du prince Istvan.

— Oh…, fit la mère en posant la main sur sa poitrine. Altesse…

Elle s'inclina profondément devant le prince, tandis que la petite fille les regardait tour à tour, l'air confus. Sa mère lui faisant signe de l'imiter, sa fille s'inclina à demi.

Le prince sourit, puis se tourna vers Indigo qui contemplait la scène, assise sur son tabouret. Pas question de se lever ou de s'incliner devant lui ! Elle voulut dire quelque chose, mais les mots restèrent bloqués dans sa gorge tandis que son cœur battait à un rythme infernal.

— Stupéfiant, dit le prince en reportant son attention sur le portrait. Est-ce vous, cette jolie jeune fille ? demanda-t-il à l'enfant.

Avec le plus grand sérieux, il souleva la feuille de papier et la rapprocha du visage de la petite fille, avant de les contempler tour à tour d'un air concentré.

— Oui, il n'y a aucun doute. Ce portrait est vraiment réussi, vous avez de la chance, mademoiselle.

Il rendit la feuille de papier à l'enfant.

— Bonne journée, mademoiselle. Amusez-vous bien.

Mère et fille plongèrent à nouveau devant lui, puis la femme sortit son smartphone de son sac de plage orange vif et demanda au prince s'il voulait bien qu'elle prenne un selfie avec lui. Il accepta en souriant mais il y avait quelque chose de forcé dans ce sourire. D'un peu las.

Après l'avoir remercié trois fois de suite, la femme se tourna vers Indigo.

— Je vous dois… ?

— Rien. C'est offert par la maison.

— Ah…, murmura la femme en rangeant le téléphone dans son sac. Merci.

Après une ultime révérence devant *Son Altesse*, elle prit la main de sa fille et s'éloigna rapidement.

— Ainsi, nous nous rencontrons à nouveau, dit alors le prince à Indigo.

Elle déglutit avec peine et se contenta d'un petit hochement de tête.

Que voulait-il qu'elle lui dise ? Qu'elle haïssait la famille royale de Rydiania ? À cause de la froideur et de l'indifférence avec lesquelles ils avaient chassé des fidèles et loyaux sujets, au nom de la Couronne ?

Indigo baissa les yeux sur la feuille vierge qu'elle venait de fixer au chevalet en sentant le regard du prince dardé sur elle. À quoi pensait-il ? L'avait-il reconnue ?

Impossible. Elle était toute petite au moment où sa famille avait quitté Rydiania. Petite, et terrifiée. Elle ne savait pas pourquoi ils abandonnaient leur maison et tout ce qu'elle connaissait, pour aller s'installer dans un pays où elle n'était jamais allée. Où elle ne connaissait personne.

— Je peux m'asseoir ?

La voix au timbre de baryton la fit tressaillir.

— Si vous voulez, répondit-elle en s'interdisant de contempler le torse musclé à la peau brunie par le soleil.

La tentation était grande, pourtant. Indigo se concentra sur la feuille de papier blanc. Que faisait-il là ? Que voulait-il ? Il ne flirtait pas avec elle, tout de même ?

— Je peux faire quelque chose pour vous ? demanda-t-elle d'un ton détaché.

— J'aimerais que vous fassiez mon portrait.

Oh ! non… Elle le regarda en retenant son souffle. Il devait passer beaucoup de temps dans sa salle de musculation…

— Cela vous pose un problème ?

Mon Dieu, elle le dévorait littéralement des yeux !

Quand Indigo croisa le regard du prince, elle y vit une lueur amusée et rougit comme une idiote. Qu'est-ce qu'il lui prenait ? Cet homme était un *ennemi* !

— Vous devez avoir mieux à faire, non ? répliqua-t-elle en redressant le menton.

Décidément, elle se comportait comme une imbécile. Faire le portrait du prince Istvan de Rydiania représentait une opportunité unique, à ne pas laisser passer.

— Pas que je sache, dit-il tranquillement. Allez-y. Faites mon portrait.

Elle hésita. Durant son enfance, elle avait entendu répéter qu'il ne fallait jamais faire confiance à la famille royale, que pour eux, la Couronne passait avant tout le reste, l'amour des leurs y compris. Après que le roi Georgios, et tous ceux qui travaillaient pour lui, avaient été bannis du royaume, le père d'Indigo n'avait plus jamais été le même.

— Quelque chose ne va pas ? demanda lentement le prince en scrutant son regard.

Un frisson la traversa. Si elle ne voulait pas perdre son job, elle avait intérêt à le satisfaire. Et à oublier ses griefs personnels.

— Je… je crains de ne pas être à la hauteur, Altesse.

Il haussa un sourcil.

— Vous refusez de faire mon portrait ?

On ne lui refusait sans doute jamais rien…

— Non, dit Indigo en prenant son stylo-pinceau noir.

Elle leva les yeux vers le prince.

— Je tiens seulement à vous prévenir que mes portraits n'ont rien de conventionnel.

— J'ai très bien compris. Et cela me convient parfaitement. Faites comme si j'étais n'importe qui.

Il n'était *pas* n'importe qui. Ainsi qu'en attestaient les quatre gardes du corps postés autour du parasol.

Indigo se concentra, appuya l'extrémité du stylo-pinceau sur le papier et commença à dessiner.

Cette fois, elle était bien obligée de regarder le prince. Les boucles brunes sur le sommet de la tête. Les cheveux coupés court sur les côtés et la nuque. Le visage hâlé aux traits nobles, le nez droit ni trop petit ni trop long. Les sourcils et les cils foncés faisant ressortir les yeux d'un bleu incroyable. La moustache fine soignée et bien taillée, les lèvres sensuelles…

Pour saisir les caractéristiques d'une personne et les transcrire sur le papier, Indigo devait étudier tous les détails d'un visage. Ce qui, d'habitude, ne lui causait aucune difficulté. Mais faire le portrait du prince représentait le plus grand défi qui se fût jamais présenté à elle. Son cœur battait trop vite, trop fort.

Elle tourna les yeux vers les costauds en pantalon et T-shirt sombres, au regard dissimulé derrière des lunettes noires. Quels biceps… Les bras croisés et le dos tourné, ils surveillaient les alentours, comme pour leur laisser un peu d'intimité tout en les protégeant du reste du monde.

— Ne vous inquiétez pas, ils sont là pour veiller à ce qu'il n'y ait pas de problèmes, c'est tout.

Indigo se concentra sur son travail. En fait, c'était un vrai plaisir de dessiner le beau visage aux traits virils, la mâchoire volontaire, le menton déterminé. Sans oublier la petite fossette, au milieu de la joue gauche.

Sans pour autant perdre de vue que cet homme sublime faisait partie de la famille royale. Il avait beau n'être pour rien dans le bannissement de son père, il n'en était pas moins le prince héritier de Rydiania.

— Combien de temps vous faut-il pour faire un portrait, habituellement ?

La voix aux inflexions profondes la ramena au présent.

— Entre cinq et dix minutes. Cela dépend du temps que je consacre aux détails.

— C'est stupéfiant. Il me faudrait deux fois plus longtemps pour dessiner un personnage en bâtons, répliqua-t-il en souriant.

Cette fois, le sourire fit rayonner ses yeux bleus qui prirent une nuance encore plus intense.

Ignorant résolument les réactions de son propre corps, Indigo fixa son dessin. Pourquoi fallait-il que cet homme soit le prince héritier de Rydiania ? Pourquoi ne pouvait-il pas être un hôte quelconque venu se reposer au Ludus ?

Elle retint un soupir et se réjouit de ne pas avoir à faire un portrait fidèle du prince. Son travail consistait à mettre en relief, voire à exagérer, certaines caractéristiques du visage. Elle choisit d'allonger le menton et de faire ressortir l'alignement parfait des dents blanches. Quant aux cheveux, elle les rallongea et les ébouriffa un peu. Ensuite, elle prit la liberté de lui mettre une couronne qui tombait sur le côté. Pas vraiment l'image du prince idéal…

Celui qu'elle avait dessiné était plus accessible. Il ne se prenait pas au sérieux. Ce prince-là ne permettrait jamais que des sujets loyaux et innocents soient congédiés et bannis de leur pays.

Les grandes lignes du portrait achevées, Indigo y ajouta quelques touches de couleur. Au départ, elle avait songé à ne faire que des portraits en noir et blanc, mais elle avait un faible pour la couleur et n'avait pu résister au plaisir de l'employer, surtout que cela ne prenait guère plus de temps.

Lorsqu'elle se concentra sur les yeux du prince, elle eut du mal à trouver la teinte susceptible de traduire leur intensité. Mais au lieu de se contenter d'un bleu lumineux, elle releva le défi et se concentra sur les différentes nuances à sa disposition.

Son smartphone vibrant tout à coup dans sa poche, le prince l'en sortit et se concentra sur l'écran, permettant ainsi à Indigo de terminer tranquillement sa tâche.

— Je vois que vous faites faire votre portrait, dit soudain la voix d'Hermione.

Indigo tourna la tête et vit la directrice du Ludus se diriger vers eux en souriant. Le prince remit son smartphone dans sa poche et bavarda avec elle tandis qu'Indigo en profitait pour peaufiner quelques détails. Puis elle recula le buste pour examiner son travail.

Le portrait n'avait absolument rien de négatif, constata-t-elle avec surprise. Aucune imperfection n'avait été exagérée. Pas de dent de devant qui ressortait. Pas de gros nez. Ni de menton pointu. Comment était-ce possible ? La couronne de guingois lui donnait un air désinvolte et un peu indolent qui n'ôtait rien à son charme…

Était-ce vraiment ainsi qu'elle le voyait ? Comme un prince décontracté, gentil et débonnaire ?

Non. Celui qui se tenait devant elle était le futur monarque qui, une fois au pouvoir, perpétuerait la tradition et ferait passer la Couronne avant tout le reste, quitte à broyer au passage des sujets loyaux et fidèles.

Le prince Istvan contempla les longs cheveux rassemblés en queue-de-cheval tombant devant une épaule ronde, puis baissa les yeux sur le badge doré. Indigo. Quel joli prénom pour une femme aussi ravissante.

Il laissa remonter son regard sur le charmant petit nez, les lèvres pulpeuses ne demandant qu'à être embrassées…

Brusquement, elle leva les yeux. Leurs regards restèrent soudés l'un à l'autre tandis qu'une douce chaleur naissait dans sa poitrine. Devinait-elle le désir qui s'était emparé de lui ? L'envie irrésistible de la prendre dans ses bras et de goûter à cette belle bouche sensuelle ?

Par moments, Istvan éprouvait un sentiment étrange, comme s'il avait déjà vu cette femme. Mais il avait beau fouiller dans sa mémoire, aucun souvenir d'une précédente rencontre ne lui revenait. En outre, il était certain que, si leurs chemins s'étaient déjà croisés, il se souviendrait d'elle.

Impossible d'oublier ces grands yeux bruns aux reflets mordorés et ces lèvres pulpeuses.

Hélas, il ne pouvait se permettre de s'adonner à des fantasmes aussi délicieux que vains. Des problèmes l'attendaient à son retour à Rydiania. La santé de son père déclinait de jour en jour, contraignant Istvan à assumer de plus en plus de devoirs royaux avant de prendre la relève et de monter à son tour sur le trône.

Or plus il assumait de responsabilités, plus il se sentait malheureux. Il ne renâclait pas au travail, mais ses obligations l'empêchaient de se consacrer à ses projets comme il l'aurait souhaité. Il soutenait activement « L'art pour les enfants », « Des maisons pour tous », ainsi que la fondation qu'il avait créée, « Nous sommes à vos côtés », celui de ses projets qui lui tenait le plus à cœur et qui avait pour vocation de venir en aide aux enfants malades et à leurs familles. Tous ceux qui œuvraient pour ces causes avaient besoin de lui, de son soutien, et quand il succéderait à son père, il n'aurait plus assez de temps à leur consacrer.

De plus en plus de personnes étaient prêtes à s'investir dans ces projets, physiquement et financièrement. Mais si lui devait se retirer, l'avenir de ces fondations serait compromis. Alors que c'était du bon travail. Du travail important. Ces organismes lui permettaient d'être en contact avec des individus dont il aurait tout ignoré s'il avait vécu confiné au palais. Comment régner sur des individus dont il ignorait les besoins vitaux ?

Istvan n'avait jamais abordé la question avec quiconque, mais sa famille lui paraissait de plus en plus arriérée.

En vérité, plus le jour de son couronnement se rapprochait, plus il avait l'impression de s'éloigner de sa famille.

Était-ce ce qu'avait ressenti son oncle avant d'abdiquer ? Non qu'Istvan ait l'intention de l'imiter. Il était très jeune, à l'époque, mais il se souvenait très bien du bouleversement que cela avait provoqué dans sa famille et ne souhaitait certes pas voir un tel cataclysme se reproduire.

Son smartphone vibrant de nouveau dans sa poche, il le prit et soupira. Gisella. Elle avait beau ne pas être l'héritière du trône, l'aînée de ses sœurs n'en tenait pas moins une place importante dans la famille royale. Sans doute l'appelait-elle pour lui reprocher d'avoir manqué quelque rendez-vous… Alors que ce voyage était prévu depuis un an et qu'il participerait, comme chaque année, à la régate qui aurait lieu le lendemain. Et qu'il entendait bien gagner. Par conséquent, Istvan ne laisserait personne lui gâcher ces quelques jours de détente. Il serait de retour au palais bien assez tôt.

Istvan appuya sur « Ignorer » et remit l'appareil dans sa poche.

— Si vous devez partir, je peux terminer le portrait sans vous, proposa Indigo de sa belle voix mélodieuse.

— Non non, pas de problème, répliqua-t-il en souriant.

Quelques instants plus tard, elle détacha la feuille de papier du chevalet, se leva de son tabouret et s'avança vers lui.

— Tenez.

Il ne s'attendait à rien de particulier, mais certainement pas à cela… Si bien qu'il lui fallut quelques instants pour se reconnaître. Était-ce ainsi qu'elle le voyait ?

Au lieu de sourire, son alter ego fronçait les sourcils. Mais ce froncement de sourcils était contrebalancé par la couronne qui glissait d'un côté de sa tête tandis qu'il levait les yeux pour tâcher de comprendre ce qui se passait. Interloqué, Istvan remarqua les détails avec lesquels Indigo avait dessiné les yeux, les cils, l'ébauche de moue.

Quelle perspicacité ! Quel talent ! Elle avait réussi à transcrire ses pensées sur le papier. Comme si elle avait deviné combien il était en butte aux contraintes qui lui étaient imposées quotidiennement.

— Remarquable, dit-il avec la plus grande sincérité.

Elle haussa brièvement les sourcils.

— Je suis contente que vous l'appréciiez.

— C'est prodigieux que vous puissiez faire cela en quelques minutes. J'aimerais bien en être capable.

— Avez-vous jamais essayé ?

— Non. Pas la peine, je suis certain du résultat !

— Vous ne pouvez pas le savoir tant que vous n'avez pas essayé.

Dans son éducation, l'art n'avait pas eu beaucoup de place. L'enseignement dont il avait bénéficié se concentrait sur l'histoire de Rydiania, les sciences politiques et l'éducation civique, quelques rudiments de grammaire et mathématiques complétant le programme. Dans cet emploi du temps chargé, il ne restait guère de place pour le sport et l'art.

L'un de ses gardes du corps s'avança soudain vers lui et se pencha pour lui dire à l'oreille que sa sœur avait absolument besoin de le joindre et lui en voulait de ne pas répondre à ses appels.

Istvan s'éclaircit la voix.

— Je dois y aller, dit-il à Indigo. Mais je tiens à vous remercier pour ce… cet intéressant portrait. Combien vous dois-je ?

— Rien, répondit-elle en rosissant. C'est offert par le Ludus.

— On ne vous interdit pas d'accepter les pourboires…

— Merci. Je suis bien payée.

— Je vois, murmura Istvan en l'observant avec attention.

Elle était sincère. À l'inverse de la plupart des gens qu'il rencontrait, cette femme ravissante n'attendait rien de lui.

— Je tiens cependant à vous remercier pour ce portrait que je trouve… unique, poursuivit-il.

— Merci, dit-elle, les joues en feu.

Au moment où, à regret, il emboîtait le pas au garde du corps, son smartphone vibra dans sa poche. Gisella, évidemment.

— Oui ? fit-il, maîtrisant à grand-peine son agacement.

— Il était temps. Cela fait un moment que j'essaie de te joindre. Tu étais trop occupé pour me répondre ?

— Exactement. Tu as besoin de quelque chose ? demanda-t-il d'un ton neutre.

— Oui, de toi. Ici, immédiatement.

Istvan retint un soupir.

— Je rentre à Rydiania lundi. Je participe demain à la régate royale, tu le sais.

— Tu ne devrais pas y participer, c'est dangereux. Tu ne peux pas te permettre de prendre de tels risques. Tu es le prince héritier. Si quelque chose t'arrivait…

— Tu prendrais ma place et ferais une reine formidable.

— Ne dis pas cela. Il ne faut pas provoquer le destin.

À ces mots, il éclata de rire.

— Tu t'inquiètes beaucoup trop, Gisella !

— Il faut bien que quelqu'un le fasse à ta place.

— Il ne m'arrivera rien.

— Je compte sur toi pour ne pas prendre de risques inutiles. Et la visite de la délégation espagnole, tu y penses ? Le festival a lieu ce week-end – il faut absolument que tu y fasses une apparition.

— Je suis certain que ton charme suffira à leur faire oublier mon absence.

Gisella soupira.

— Je ne peux pas toujours te remplacer. C'est toi, le prince héritier, non ?

— Il vaudrait peut-être mieux que ce soit toi qui succèdes à Père. Tu adores la pompe, l'apparat…

— Istvan ! Tu vas trop loin !

— Détends-toi. Je plaisantais.

Silence.

— Fais en sorte d'arriver de bonne heure. Il y a une réunion du gouvernement lundi matin, à laquelle le roi et toi devez participer. Et ensuite, tu as rendez-vous avec le peintre. Nous avons besoin de ton portrait pour le palais, mais aussi pour la monnaie.

Istvan avait tout fait pour retarder ce moment. Parce que la perspective de voir son profil sur des pièces de monnaie, des timbres, provoquait en lui une sensation de malaise. Un peu comme si cela devait sceller son destin, le vouer à une existence identique à celle de ses parents. La pensée d'être condamné à vivre au palais jusqu'à la fin de ses jours le rendait… claustrophobe.

Il aurait de loin préféré rester sur cette île ensoleillée, auprès de l'artiste la plus attirante qui soit, plutôt que de se retrouver coincé avec le peintre royal pendant des heures.

Une pensée le traversa. Peut-être y avait-il moyen de conjuguer nécessité et plaisir…

Indigo ne manquait pas de talent. Faire un portrait officiel relevait-il de ses capacités ? Il lui poserait la question dès que possible.

2.

Elle avait beau se concentrer sur son travail, Indigo ne cessait de penser au prince. Les magnifiques yeux bleus la hantaient.

Istvan ne ressemblait en *rien* à ce qu'elle avait imaginé. Au lieu d'être un type arrogant, imbu de lui-même et se prenant très au sérieux, il avait paru apprécier sincèrement le portrait un peu stupide qu'elle avait fait de lui.

Que devait-elle en penser ? Ç'aurait été tellement plus facile s'il s'était montré sous un jour détestable. Or elle ne voyait pas une seule raison de le détester – hormis son appartenance à la famille royale de Rydiania.

Au moment où elle rangeait ses stylos-pinceaux par couleurs, elle entendit quelqu'un s'approcher.

— Asseyez-vous, dit-elle sans lever les yeux. Je suis à vous tout de suite.

Mais quand, redressant la tête, elle vit *qui* était installé sur le tabouret, son cœur se mit à battre à toute allure.

— Je ne m'attendais pas à vous revoir aussi vite, Altesse, enchaîna-t-elle d'un ton faussement détaché.

Le T-shirt blanc portant le logo de la régate royale moulait les puissants pectoraux, faisait ressortir la teinte cuivrée de la peau… Indigo déglutit avec peine mais parvint à se ressaisir.

— Vous désirez quelque chose ? demanda-t-elle en haussant les sourcils.

— Oui, un nouveau portrait. Et cette fois, je compte bien vous rémunérer.

— Un nouveau portrait ? répéta-t-elle, interloquée. Vous avez perdu celui que j'ai fait tout à l'heure ?

— Non. Pour tout vous dire, je voudrais que vous en refassiez un pour que je puisse le proposer comme lot dans le cadre d'une vente aux enchères caritative qui aura lieu bientôt.

Décidément, cet homme ne correspondait en rien à ce que son père lui avait dit sur la famille royale. Istvan n'était ni froid ni distant. Ni cruel ni mesquin.

Comment était-elle supposée réagir face à ce prince au grand cœur et au sourire éblouissant qui faisait naître en elle des sensations aussi délicieuses que malvenues ?

— Vous ne pouvez pas vous servir de celui que vous avez déjà ?

— Non, impossible.

— Pourquoi ? Il est trop ridicule ?

Il la regarda en secouant la tête.

— Pas du tout. Il est parfait – c'est pour cela que je le garde, et qu'il m'en faut un autre pour la vente aux enchères.

— Un qui soit plus sérieux ?

— Non. J'apprécie beaucoup votre sens de l'humour. Alors allez-y, ne m'épargnez pas. Vous pouvez refaire la même chose ou opter pour un style différent, cela m'est égal.

Indigo gémit intérieurement. Comment trouver antipathique un homme aussi souple et accommodant ? Plus elle passait de temps avec lui, plus elle tombait sous le charme des yeux bleu azur et de l'accent sexy.

Le mieux était d'en terminer au plus vite. Une fois qu'il aurait son second portrait, elle ne le reverrait plus. Quant à refaire la même chose, c'était hors de question. Elle avait l'esprit bien trop créatif pour se contenter d'une simple réplique. Mais cette fois, elle décida de représenter le prince dans son cadre royal. Ce serait amusant, et cela l'aiderait à se rappeler à *qui* elle avait affaire. Cet homme charmant et follement attirant avait pour parents ceux-là mêmes qui avaient banni impitoyablement son père autrefois. Le pauvre, il en avait été brisé à tout jamais.

Indigo refoula ces souvenirs douloureux et se concentra sur son travail, en regardant le moins possible son modèle. En vérité, elle n'en avait pas besoin. Les traits nobles et virils restaient gravés dans son esprit, si bien qu'elle aurait presque pu faire son portrait de mémoire. Mais à chaque fois qu'elle levait les yeux pour vérifier un détail et croisait le regard dardé sur elle, Indigo était fascinée par leur beauté et leur teinte si particulière.

Sa main trembla un bref instant. Pourquoi se laissait-elle troubler ainsi ? Il n'était qu'un homme, après tout. Enfin, pas n'importe lequel. Sans compter que son corps ne réagissait pas ainsi à la proximité du premier venu.

La pointe du pinceau évoluait rapidement sur la feuille de papier, guidée par un instinct sûr. Indigo la guidait à peine. Quand elle eut terminé, elle détacha la feuille du chevalet et la tendit au prince, sans trop savoir ce qu'il penserait de cette nouvelle version de lui-même. Sur ce portrait, il arborait le plus grand sérieux, le menton – disproportionné – levé légèrement, la couronne toujours de guingois, mais portant cette fois la cape royale et tenant un sceptre dans une main.

Il contempla quelques instants le dessin en silence.

— Vous me voyez vraiment ainsi ? Regardant le monde de haut ?

De toute évidence, ce portrait lui déplaisait. Elle avait touché un point sensible. Avait-elle pris trop de libertés et mis son job en péril ?

— Non, ce n'est pas la façon dont je vous perçois. Je me suis autorisée à m'amuser un peu, voilà tout. Rendez-le-moi, si vous voulez, et j'en refais un autre.

Le regard toujours fixé sur la feuille de papier, il se leva.

— Non. Je le garde.

— Mais, s'il ne vous plaît pas…

— Votre manière de travailler amène à se voir sous un jour complètement nouveau.

Il la regarda et sourit.

— Il me plaît, dit-il avant de baisser à nouveau les yeux sur son portrait. Énormément, même. C'est votre seule activité ?

— Pardon ?

— Je pensais à d'autres activités artistiques, à d'autres types de portraits, par exemple.

— Oui, je ne fais pas que des portraits rapides. J'ai accepté ce job parce qu'on me l'a proposé.

— J'aimerais beaucoup voir ce que vous faites par ailleurs. Avez-vous un site Internet ?

— Non, je n'ai pas de site, mais j'ai quelques photos sur mon smartphone, si cela vous intéresse.

Elle sortit l'appareil de son sac et sélectionna les photos.

— Ce sont des travaux récents.

Il s'agissait de peintures modernes réalistes : les petites filles de ses voisins en train de jouer, un vieux monsieur rencontré dans le parc, un portrait de sa mère. Indigo peignait ce qu'elle voyait mais en interprétant le réel à sa façon.

Sans dire un mot, Istvan regarda chaque photo avec attention. Qu'en pensait-il ? Elle n'osa pas le lui demander. Il trouvait peut-être cela nul. Elle avait beau se forger une carapace, les critiques l'atteignaient toujours et la faisaient douter de ses capacités.

Mais pourquoi prenait-il autant de temps pour regarder les photos ? N'y tenant plus, Indigo se rapprocha et vit qu'il contemplait le portrait de sa mère. Il ne pouvait pas l'avoir reconnue. Lorsque sa famille avait quitté Rydiania,

Indigo était toute petite, par conséquent le prince ne devait pas être beaucoup plus vieux qu'elle à ce moment-là. Alors pourquoi regardait-il ce portrait avec autant d'intérêt ?

Il leva soudain les yeux et lui rendit son smartphone.

— C'est très intéressant. Non, *superbe*. Vous avez un talent fou. Pourquoi faites-vous ces portraits rapides ?

Parce qu'elle avait besoin d'argent pour permettre à sa mère d'emménager dans une résidence services. Mais elle n'allait pas parler de ses difficultés et de ses combats à un homme qui ne soupçonnait pas que l'on puisse devoir se battre pour obtenir quoi que ce soit.

— C'est un travail comme un autre, se contenta-t-elle de répondre.

Il hocha la tête comme s'il comprenait.

— Merci de m'avoir montré ces photos. Je suis sûr qu'un brillant avenir vous attend.

Après s'être détourné pour s'en aller, il fit volte-face.

— Au fait, assisterez-vous à la régate ?

Qu'est-ce que ça pouvait lui faire qu'elle y assiste ou pas ? se demanda Indigo, prise de court.

— Non, je ne pourrai pas. Je dois travailler.

— Je suis certain qu'on vous permettra de faire une pause – pour la bonne raison que tout le monde aura les yeux fixés sur la course.

Ah oui ? Parce qu'il y participait et qu'il était le centre de l'univers ? Elle serra les mâchoires et réprima la réplique cinglante qui lui montait aux lèvres.

— Excusez-moi, dit-elle en tournant les yeux vers un couple qui attendait à côté du parasol. Je dois vraiment travailler.

— Je connais bien Hermione, je peux lui demander de vous accorder votre après-midi.

— Désolée, des gens attendent leur tour. Je ne peux pas les faire attendre plus longtemps.

— Non, bien sûr. Je vous laisse travailler.

Très bien. Alors pourquoi restait-il planté là ?

Istvan finit par se décider à s'éloigner, mais à regret. Cette jeune femme l'intriguait de plus en plus. Elle ne ressemblait à aucune de celles – et il en avait connu quelques-unes – qu'il avait rencontrées avant elle, notamment à l'époque où il menait une vie de globe-trotter.

Par moments, elle le regardait comme si elle partageait l'attirance qui le poussait vers elle. Et à d'autres, il voyait de l'hostilité dans les beaux yeux bruns. Comment aurait-elle pu éprouver de l'animosité envers lui alors qu'elle le connaissait à peine ? Lui en voulait-elle à cause de ses origines royales ? Elle ne serait pas la première.

Quoi qu'il en soit, il voulait comprendre pourquoi elle réagissait de façon aussi contradictoire. Il voulait la connaître, marcher avec elle sur la plage, découvrir ce qui la faisait vibrer. Discuter avec elle de toutes sortes de sujets.

Mais pas seulement. Istvan revit en pensée la belle bouche pulpeuse et fut bien obligé d'admettre qu'il brûlait d'en découvrir le goût.

Il ne manquait pas de compagnie féminine, mais aucune femme de sa connaissance ne pouvait être comparée à Indigo, qui persistait à s'adresser à lui comme s'il était un homme comme un autre. C'était cela qui lui plaisait. Il n'avait jamais aimé le traitement de faveur dont il bénéficiait. Non seulement il n'avait rien fait pour le mériter, mais il ne s'était jamais senti *spécial*.

Peut-être cela avait-il un rapport avec son oncle. Lorsque Georgios avait abdiqué, sa décision avait eu un impact considérable sur Istvan. Mais il ne voulait pas y penser maintenant. Cela le mettait toujours de mauvaise humeur.

Il avait une meilleure idée en tête : inviter Indigo à dîner.

Son smartphone vibrant dans sa poche, il l'en sortit et soupira. Le palais… Impossible d'ignorer l'appel.

— Bonjour, Altesse. Ici la secrétaire particulière de la reine. Sa Majesté aimerait vous rappeler que nous organisons ce week-end un dîner officiel en l'honneur des dignitaires espagnols.

Peut-être, mais la reine savait très bien que la régate royale était tout aussi importante pour lui. Cette course avait lieu en mémoire de son oncle. Et puisqu'il était le seul membre de la famille à honorer la mémoire de Georgios, il tenait à y participer et à passer *tout* le week-end sur l'île.

— Veuillez dire à la reine que je ne serai pas disponible ce week-end.

— Très bien, Altesse. Sa Majesté aimerait par ailleurs vous rappeler que vous avez rendez-vous avec le peintre du palais lundi matin.

La perspective de poser pour le peintre en question, qui ne savait ni sourire ni bavarder, équivalait à une punition qu'Istvan n'estimait pas avoir méritée.

En revanche, poser pour Indigo était tout le contraire d'une punition. Et maintenant qu'il avait vu des photos de ses autres travaux, il ne doutait plus de son talent. Restait à savoir si elle accepterait de l'accompagner à Rydiania.

— Dites à ma mère que je suis d'accord pour le portrait, mais que je déciderai moi-même des conditions dans lesquelles il sera réalisé.

— Altesse ? fit la secrétaire, manifestement décontenancée.

— Je dois vous laisser, déclara Istvan.

Sur ces mots, il mit fin à l'appel. Cela faisait des années qu'il s'opposait à ses parents, qui voulaient que tout se passe comme ils l'entendaient – autrement dit, comme tout s'était toujours passé. Or Istvan n'avait qu'un désir : faire bouger les choses, avancer.

Un jour, son père avait laissé échapper qu'il était comme

son oncle, qu'il estimait que la dynastie devait changer au gré des caprices du peuple. Mais le roi s'était aussitôt rétracté et avait dit à Istvan qu'il ne serait *jamais* comme Georgios. Qu'il ne tournerait *jamais* le dos à ses responsabilités parce qu'il avait été élevé dans le strict respect des traditions, et resterait loyal envers et contre tout.

Loyal envers la Couronne, naturellement.

Indigo étouffa un bâillement et remua les doigts, puis les étira lentement un par un. La venue du prince ayant attiré du monde, elle avait enchaîné les portraits, et été bombardée de questions qu'elle avait parfois eu du mal à esquiver.

Elle replia le chevalet, empoigna le grand sac contenant son matériel et se dirigea vers le complexe hôtelier. La plage était quasiment déserte, à présent. Tout le monde devait être en train de se préparer pour le dîner. Son estomac se mit à gargouiller. Elle n'avait même pas eu le temps de déjeuner… À ce rythme, elle allait devoir demander à Hermione, qu'elle considérait presque comme une amie, d'engager un ou une autre artiste pour la seconder.

À l'instant même, celle-ci s'avança à sa rencontre.

— Bonsoir, Indigo. Tout s'est bien passé ?

— Les gens se bousculaient presque devant la porte – ou plutôt, devant le parasol, répondit Indigo en riant.

Hermione lui sourit avec chaleur.

— J'ai entendu des tas de compliments sur vous. Je crois qu'il va falloir envisager de prolonger votre séjour au Ludus.

— Merci.

Comment combiner cela avec son projet d'exposition à la galerie ? Mais bon, mieux valait assurer ses arrières.

— Pourquoi pas ? ajouta-t-elle à la hâte, de crainte de ne pas avoir montré assez d'empressement.

— Le prince Istvan, entre autres, a été séduit par votre travail, reprit Hermione. Et, croyez-moi, il est très difficile.

Au lieu d'être flattée par cette remarque, Indigo se sentit mal à l'aise.

— Je… Je n'ai rien fait de spécial pour lui. Je l'ai traité comme les autres clients.

— Et c'est cela qui lui a plu, justement.

Un petit *bip* se faisant entendre, Hermione sortit son smartphone de sa poche, baissa les yeux sur l'écran et soupira.

— Un problème ? demanda Indigo.

Hermione la regarda en plissant le front.

— Euh… Non. Enfin, rien de grave.

— Si je peux vous rendre service, ce sera avec plaisir. J'ai terminé ma journée, de toute façon.

— Vous êtes sûre ?

Indigo hocha la tête.

— Eh bien, il y a un problème avec une entreprise de transport, et en quittant mon bureau, j'ai oublié de passer déposer des documents à la galerie.

— OK. Je m'en occupe. C'est sur mon chemin.

— Merci infiniment ! dit Hermione en sortant une grande enveloppe brune de son sac. Tenez, et dites bien qu'il y a *tous* les documents qu'il faut.

Ensuite, elle lui expliqua à qui remettre les documents.

Indigo était allée plusieurs fois à la galerie d'art du Ludus où elle avait vu des œuvres fort intéressantes. Peut-être qu'un jour, elle pourrait y exposer quelques-uns de ses travaux ?

— Nous avons passé des accords avec d'autres galeries, poursuivit Hermione. Nous échangeons des œuvres. Et cette fois, nous prêtons un tableau, *Coup de foudre*.

Cette peinture avait frappé Indigo, notamment à cause de l'intensité de ses couleurs.

— Je l'aime beaucoup, c'est une belle création.

— Merci. C'est moi qui l'ai choisie, répliqua Hermione avec un grand sourire.

Son smartphone émit un nouveau *bip*.

— Il faut que j'y aille. Vous êtes sûre que cela ne vous dérange pas ?

— Pas du tout. À demain !

— À demain, Indigo. Et merci encore !

Quelques instants plus tard, Indigo s'avança dans le couloir de l'établissement hôtelier, l'épaisse moquette étouffant le bruit de ses pas. Ce lieu ressemblait à un musée, au fond, à cause de la présence des nombreuses œuvres d'art exposées un peu partout, pas seulement à la galerie.

Peut-être était-ce dû au fait que le Ludus avait été créé par un ancien roi. Un souverain qui avait abdiqué et laissé la place à son frère. Et qui, en renonçant au trône, avait perdu en même temps son pays et sa famille.

Elle poussa les portes de la galerie, puis traversa la première salle dont les murs blancs et la luminosité contrastaient avec les murs noirs de l'arrière-salle où des projecteurs éclairaient les œuvres exposées, notamment le *Cœur de rubis*, la star du moment. Elle l'avait aperçu une fois, de loin. Mais aujourd'hui, elle allait pouvoir l'admirer tranquillement puisque la galerie était déserte.

Le rubis était d'une taille impressionnante, constata Indigo en s'approchant de la vitrine. Les facettes captaient la lumière, le faisant étinceler de mille feux. On aurait presque pu croire qu'il était vivant…

Au moment où elle se penchait pour déchiffrer le cartel fait d'une petite plaque de cuivre, un bruit de pas résonna derrière elle.

— Il est magnifique, n'est-ce pas ?

Indigo tressaillit. Pas la peine de se retourner pour savoir à qui appartenait cette voix grave et sensuelle.

— Oui, c'est vrai.

— Mais votre beauté éclipse néanmoins la sienne.

La chaleur envahit sa poitrine, sa gorge, ses joues. Heureusement qu'elle tournait le dos au prince.

— Je n'avais jamais vu de rubis aussi gros, répliqua-t-elle avec un calme qu'elle était loin d'éprouver.

Istvan vint s'arrêter à côté d'elle.

— Avez-vous lu la légende qui s'y rattache ?

Son cœur se mit à battre la chamade.

— Non, j'allais le faire quand vous êtes arrivé.

— Je vais la lire pour vous, dit-il en se penchant vers l'inscription.

LA LÉGENDE DU *CŒUR DE RUBIS*.

SI DEUX AMANTS LE CONTEMPLENT EN MÊME TEMPS,
LEURS VIES SERONT UNIES À JAMAIS.

« Deux amants »... Une vision torride surgit dans l'esprit d'Indigo, celle de leurs corps nus unis sur des draps blancs. Elle se gifla mentalement. Pourquoi s'était-elle arrêtée pour admirer le *Cœur de rubis*, au lieu de déposer les documents et de s'en aller ?

Istvan se redressa lentement.

— Je me demande si cela pourrait s'appliquer à nous...

Mon Dieu... Elle avait les joues en feu.

— Dans ce cas, il ne pourrait s'agir que d'une erreur, répliqua Indigo, la voix rauque. Excusez-moi, je dois y aller.

— Vous avez changé d'avis ? demanda-t-il en haussant un sourcil.

Non, mais il lui bloquait le passage...

Quand elle leva les yeux et croisa son regard, elle comprit qu'il se moquait d'elle et rougit de plus belle.

— Pas du tout. Mais je dois aller déposer quelque chose au bureau et vous m'empêchez de passer.

Un sourire amusé éclaira le beau visage du prince tandis qu'il s'écartait obligeamment.

— J'espère que nous nous reverrons bientôt.

Son cœur fit une espèce de cabriole. Indigo eut beau se dire qu'il flirtait avec toutes les femmes qu'il rencontrait, elle ne pouvait ignorer la lueur couvant au fond des magnifiques yeux bleus. D'autres hommes l'avaient regardée ainsi. Des hommes attirés par elle et dont le regard disait clairement qu'ils espéraient que leur relation prenne un tour plus intime.

Les épaules crispées, elle se dirigea vers le bureau, s'arrêta devant la porte entrouverte et frappa.

— Entrez !

Derrière une table encombrée de paperasse, ses lunettes sur le bout du nez, un homme d'une cinquantaine d'années leva les yeux de son écran d'ordinateur.

— En quoi puis-je vous aider, mademoiselle ?

— Hermione m'a demandé de vous apporter ces documents, dit-elle en les lui tendant.

— Ah, oui. Je les attendais. Merci.

— Je vous en prie.

Elle aurait dû partir, mais le prince l'attendait peut-être…

— Autre chose, mademoiselle ?

— Je… Il y a une autre sortie, ou je suis obligée de repasser par la galerie ?

L'homme la dévisagea un instant, l'air perplexe.

— Oui, vous pouvez sortir par l'arrière. Prenez à droite dans le vestibule, puis encore à droite, et vous déboucherez dans le couloir, juste au niveau de l'entrée.

— Merci.

Une minute plus tard, Indigo poussa les lourdes portes en verre dépoli et lâcha un soupir de soulagement. Elle avait réussi à s'échapper.

À échapper à quoi, exactement ?

Décidément, elle se conduisait comme une idiote. Elle n'aurait pas dû se laisser troubler par Istvan, point final. Et si elle ne se ressaisissait pas, elle finirait par souffrir. Or elle avait déjà assez souffert comme cela.

3.

Le prince avait vu juste. Dès 14 heures, les estivants avaient quitté la plage les uns après les autres et personne ne s'était plus approché du grand parasol rouge.

Adara, la cheffe concierge du Ludus, était alors venue dire à Indigo qu'elle pouvait sans problème remballer ses affaires et aller voir la régate.

Pourquoi pas, après tout ? D'autant qu'elle n'avait encore jamais assisté à ce genre de course.

Aussi se trouvait-elle maintenant assise sur un rocher surplombant la plage où le signal du départ allait être donné. Elle n'était pas seule, des gens étaient installés çà et là autour d'elle, certains équipés de jumelles. Parmi eux, elle avait reconnu quelques membres du personnel. Peut-être avaient-ils eu eux aussi la permission de quitter leur travail pour assister à la régate royale. Personne n'avait besoin d'eux, au fond, puisque la station était déserte.

Indigo identifia sans peine le yacht du prince Istvan à cause de la profusion de pavillons flottant au vent. Sur le plus élevé, d'un beau violet foncé, ressortait la couronne dorée, emblème du royaume de Rydiania.

Un coup de sifflet retentit, bref et impérieux. Les bateaux s'alignèrent. Indigo repéra celui d'Istvan et l'aperçut au gouvernail, torse nu. Si elle avait dû faire son portrait en pied – ce qui n'était pas du tout dans ses intentions –, elle aurait aimé reproduire la force qui émanait de tout son corps.

À cet instant, Istvan tourna la tête vers la plage et scruta la foule, puis il leva les yeux vers les rochers situés en surplomb et fit un signe de la main dans sa direction. Ce geste ne pouvait pas s'adresser à elle. Tout le monde agita la main mais Indigo ne bougea pas. Elle tenait à prouver, ne serait-ce qu'à elle-même, qu'elle était suffisamment forte pour résister au charme du prince.

Nouveau coup de sifflet, plus appuyé. Le regard d'Indigo fut attiré par une horloge numérique située à l'extrémité du quai. Le compte à rebours commença, partant de dix. Puis un troisième coup de sifflet retentit et les bateaux bondirent en avant dans un vrombissement de moteurs, soulevant des gerbes d'eau. Quelques instants plus tard, ils disparurent puisque, comme Indigo l'avait appris, ils devaient faire le tour de l'île.

Dans l'immédiat, il n'y avait plus rien à voir.

Elle se leva et reprit le sentier qui descendait en direction de la station, lorsqu'elle se retrouva soudain nez à nez avec l'un des gardes du corps du prince Istvan. Le type était si grand qu'elle dut pencher la tête en arrière pour le regarder. Il portait des lunettes noires, évidemment, ce qui lui donnait l'air encore plus patibulaire.

— Excusez-moi, dit-elle. Je ne vous avais pas vu.

— Mademoiselle Castellanos ?

— Oui.

Qu'est-ce qu'il lui voulait ?

— C'est pour vous.

Il lui tendit une enveloppe couleur ivoire avant de tourner les talons et de s'éloigner, tandis qu'Indigo contemplait l'enveloppe cachetée en se demandant ce qu'elle pouvait bien contenir. Un chèque ? Alors qu'elle avait expliqué au prince qu'elle ne pouvait pas accepter d'argent ?

Incapable de résister plus longtemps, elle glissa le doigt sous le rabat et le souleva délicatement.

À l'intérieur, elle découvrit une feuille de papier pliée en quatre. Pas de chèque…

Je vous attends ce soir dans ma suite. À 18 heures.

Ça alors ! Était-ce sa façon de l'inviter à dîner ? Ou de lui proposer une rencontre plus… intime ? Quoi qu'il en soit, le prince en serait pour ses frais. Surtout que, s'il avait su à qui il avait affaire, il l'aurait évitée comme la peste.

Allait-elle vraiment décliner son offre ? Sans même le prévenir ? Qui oserait faire une chose pareille… ?

Toute personne connaissant la vérité concernant la famille royale de Rydiania. Combien de fois son père lui avait-il répété, tout en noyant son désespoir dans le whisky, qu'ils étaient tous impitoyables et cruels ?

Indigo reprit son chemin et, passant soudain devant une poubelle, elle s'arrêta, indécise. La voix de son père résonna dans son esprit : « Ne fais *jamais* confiance à un membre de la famille royale. »

Sans plus hésiter, elle jeta l'enveloppe dans la poubelle et se remit en route. Le prince Istvan ne tarderait pas à réaliser qu'il ne pouvait pas obtenir tout ce qu'il désirait.

Istvan baissa de nouveau les yeux sur sa montre. Il détestait que l'on soit en retard, ou plutôt, son entourage lui avait appris dès son plus jeune âge à ne tolérer *aucun* retard. Mais apparemment, Indigo se fichait de ce genre de notion, vu qu'elle avait déjà treize minutes de retard.

Ce non-respect – délibéré ou non – de la ponctualité n'était pas de bon augure. S'il avait eu un tant soit peu de bon sens, il aurait renoncé illico à lui demander de faire son portrait officiel. Le contrat stipulerait un délai précis et le trésorier de la maison royale imposait des échéanciers stricts ne souffrant aucune modification.

Encore un peu de patience, se raisonna Istvan. Elle avait peut-être eu un problème. Elle avait pu être retardée par un incident, un imprévu. La pensée qu'il puisse être arrivé quelque chose de fâcheux à Indigo le tracassait.

Il fit venir Elek, le garde du corps à qui il avait confié son message.

— Vous le lui avez bien remis en personne ?

— Oui, Altesse.

— Et elle l'a lu ?

— Je ne peux pas vous le garantir, Altesse. J'ai été appelé ailleurs avant qu'elle n'ait eu le temps d'ouvrir l'enveloppe.

— Dans ce cas, il a dû lui arriver quelque chose, sinon elle serait ici.

Istvan se leva d'un mouvement brusque.

— Il faut localiser sa chambre.

— Tout de suite, Altesse, répliqua Elek en sortant son smartphone.

Il quitta la pièce tandis qu'Istvan se mettait à faire les cent pas, aussi impatient qu'inquiet.

— Elle n'est pas hébergée par la station, Altesse, annonça Elek en réapparaissant sur le seuil du salon.

— Ç'aurait été trop simple…, soupira Istvan. Avez-vous son adresse ?

— Il a fallu que je mentionne votre nom pour qu'ils acceptent de me la donner.

— Vous avez bien fait. Allons-y.

Son garde du corps hésita un instant.

— Qu'y a-t-il ? demanda Istvan avec impatience.

— Vous pourriez peut-être d'abord essayer de l'appeler, Altesse.

— Vous avez son numéro ?

Elek hocha la tête et tourna l'écran de son smartphone vers Istvan qui enregistra aussitôt le numéro dans le sien.

La sonnerie retentit dans le vide, puis il tomba sur la messagerie.

Inutile de laisser un message. Il ne serait rassuré qu'une fois qu'il aurait vérifié *lui-même* qu'il n'était rien arrivé à celle qui occupait de plus en plus ses pensées.

Aussitôt rentrée, Indigo avait pris une douche puis enfilé une robe légère. Il faisait encore plus chaud que d'habitude, en ce début d'été, si bien que le ventilateur plafonnier fonctionnait en permanence dans le salon où sa mère passait la majeure partie de ses journées.

Elle se regarda dans le miroir et peigna ses cheveux encore mouillés, tout en ne pouvant s'empêcher de penser à Istvan. Pourquoi l'inviterait-il à dîner ? Lui, un prince ? Et s'il croyait qu'il allait s'offrir une brève idylle avec elle avant de retourner dans son palais, il se faisait des illusions. Même s'il n'avait pas été le prince héritier de Rydiania, Indigo s'y serait refusée. Les aventures passagères, ce n'était vraiment pas son truc.

— Tu n'as pas vu mon roman, Indi ? demanda sa mère depuis le salon.

— J'arrive dans une minute, maman ! Et je vais te le trouver, ton livre !

Rassemblant ses longs cheveux, elle se les remonta sur le dessus de la tête et les fixa avec une grande pince, puis se dirigea vers la chambre de sa mère. Celle-ci lisait énormément et un peu de tout, des romans, des policiers – pas trop violents –, des biographies… Son état de santé l'empêchant maintenant de se déplacer comme elle l'aurait souhaité, ses lectures lui permettaient de s'échapper de l'appartement, disait-elle.

Indigo embrassa la petite pièce du regard. Il y avait des piles de livres partout. Des neufs, beaucoup de vieux, et quelques magazines.

— Quel est le titre, déjà ?

Sa mère le lui précisa puis ajouta qu'il devait être posé à côté du lit.

En effet. Indigo le prit et l'emporta au salon.

— Le voici. Tu as besoin d'autre chose ?

— Non, je ne crois pas. Pourquoi ? Tu sors ?

— Oui, je vais faire quelques courses – nous n'avons plus grand-chose à manger.

Et marcher l'aiderait peut-être à se sortir l'image du beau visage du prince de la tête.

— Tu as envie de quelque chose de particulier ?

— J'ai préparé une liste, elle est sur le plan de travail, répondit sa mère en fronçant les sourcils.

— Ça ne va pas ? demanda Indigo, inquiète.

— Ne fais pas attention, ce n'est rien.

— Maman… Tu as mal quelque part ?

— Non, mais je souffre d'être devenue un tel fardeau pour toi.

— Je t'interdis de penser une chose pareille, maman. Non seulement ta présence ne me dérange pas, mais je suis contente que tu sois là, insista Indigo.

Les yeux de sa mère s'embuèrent.

— J'ai tellement de chance d'avoir une fille aussi merveilleuse.

— Pas si merveilleuse que ça !

— Bien sûr que si. Et lorsque j'aurai mon appartement, tu pourras reprendre ta vie d'avant. Tu devrais sortir, t'amuser, au lieu de rester à la maison à t'occuper de moi.

— Maman, je sais bien que tu désires retrouver ton indépendance, mais en attendant, je suis très heureuse de t'avoir avec moi.

Une larme roula sur la joue pâle.

— Tu es adorable.

Quelqu'un frappa soudain à la porte. Sans doute sa tante. Les deux sœurs étaient très proches l'une de l'autre.

— Tu attends tante Aggie ? demanda Indigo à sa mère.

— Non, mais comme tu le sais, elle passe souvent. Et puis, elle m'avait dit que, dès qu'elle l'aurait terminé, elle me prêterait un livre passionnant qu'elle venait d'acheter.

Indigo traversa la petite entrée, ouvrit la porte, et se figea sur place.

Là, devant elle, se tenait le prince Istvan.

Elle devait être victime d'une hallucination. Mais non, elle eut beau cligner et cligner des yeux, il était toujours là.

— Il faut que je vous parle, dit-il de sa belle voix grave.

— Fais entrer ta tante, Indi ! cria sa mère.

Pas question qu'elle voie le prince.

Paniquée, Indigo lui referma la porte au nez, puis inspira à fond.

— Ce n'est pas elle, maman. Juste quelqu'un qui s'était trompé de porte. Maintenant, j'y vais. Je ne serai pas longue.

— Prends ton temps, je vais continuer à lire.

Lorsque Indigo rouvrit la porte, le prince la regarda en plissant le front d'un air courroucé. Il n'avait pas l'habitude qu'on lui claque la porte au nez ? Eh bien, elle-même n'avait pas l'habitude qu'on la suive jusque chez elle !

Elle se posa un doigt sur les lèvres pour l'empêcher de parler avant que la porte soit refermée, puis sortit du petit immeuble et s'éloigna de quelques pas en l'invitant à la suivre.

— Comment avez-vous su où j'habitais ?

— J'ai demandé à quelqu'un de se renseigner, tout simplement, répondit-il, l'air surpris par sa question.

— Et on vous a donné mon adresse, juste comme ça ? demanda Indigo, choquée.

Le silence d'Istvan était éloquent. Il obtenait sans problème toutes les informations qu'il voulait, évidemment.

— OK, dit-elle en croisant les bras. Et je peux savoir pourquoi vous vouliez me voir ?

— Pour vous demander pourquoi vous n'êtes pas venue me rejoindre dans ma suite. Vous avez eu un empêchement ?

— Non.

Son Altesse Royale ne pouvait concevoir qu'on lui refuse quoi que ce soit…

— Et maintenant, je dois y aller, enchaîna-t-elle.

— Nous devons parler.

— Si c'est pour m'inviter à dîner, je ne suis pas libre.

— Nous ne sommes pas forcés de dîner, répliqua-t-il en haussant les sourcils. J'aimerais simplement que vous m'accordiez un moment.

Indigo redressa le menton.

— Et si je refuse ?

Il la dévisagea en silence, l'air si agacé qu'en d'autres circonstances, elle aurait pu éclater de rire.

— Bon, je vais au marché, reprit-elle. Vous n'avez qu'à m'accompagner – vous me direz ce que vous avez à me dire en chemin.

— Vous voulez que j'aille faire les courses avec vous ? demanda-t-il, stupéfait.

— À vous de voir.

Sur ces mots, elle se détourna et s'avança sur le trottoir. Pas de bruit de pas derrière elle. Avait-il fini par renoncer ? Et si c'était le cas, pourquoi était-elle… déçue ?

— Attendez !

Indigo ne ralentit pas, ne se retourna pas, mais il la rattrapa en quelques enjambées.

— Il est loin, ce marché ? demanda-t-il en marchant à côté d'elle.

— On a peur de se fatiguer ? riposta-t-elle sans le regarder.

— Non, pas du tout. Mais ces chaussures ne sont pas faites pour les longs trajets.

Baissant les yeux, elle vit qu'il portait des mocassins en daim souple.

— Vous n'êtes pas obligé de m'accompagner.

— J'y tiens, déclara-t-il en chaussant ses lunettes de soleil. Je suis désolé de m'être immiscé ainsi dans votre vie privée.

Ah, il était capable de se rendre compte qu'il avait dépassé les limites…

— Nous serons bientôt arrivés, dit Indigo d'un ton neutre.

Ce qui l'inquiétait le plus, c'était cette façon qu'il avait de la déstabiliser. Alors qu'elle aurait dû le considérer comme un ennemi, elle avait envie de mieux le connaître. Pourquoi s'était-il donné tout ce mal pour la retrouver ? Pour lui parler ? Elle n'était qu'une femme ordinaire, autrement dit *personne*, aux yeux de la famille royale. Alors en quoi intéressait-elle le prince ?

— Vous vous montrez aussi dure avec tous les hommes qui veulent vous inviter à dîner ? demanda-t-il tout à coup.

— Non, seulement avec les princes, répondit-elle sans réfléchir.

— Je vois. Alors si j'étais un homme… normal, vous auriez accepté mon invitation ?

Elle tourna la tête vers lui et croisa son regard.

— Vous ne pouvez pas être un autre que celui que vous êtes – l'héritier du trône.

— Aïe. À vous entendre, on dirait que c'est une maladie mortelle.

Ces paroles lui firent penser à son père. Sa proximité avec la famille royale avait fini par lui coûter la vie, en effet. Ils ne l'avaient pas tué de leurs propres mains, non, mais en le bannissant, ils avaient signé son arrêt de mort.

Ils continuèrent d'avancer en silence et arrivèrent bientôt aux abords du marché.

— Votre supplice est terminé, *Altesse*.

Sans regarder Istvan, elle poussa la porte du marché couvert où elle venait s'approvisionner plusieurs fois par semaine. Depuis que sa mère savait qu'elle souffrait d'insuffisance cardiaque en plus d'autres problèmes de santé, Indigo lui avait proposé d'adopter un régime végétarien à base de fruits et légumes frais. Résultat : elles se portaient mieux toutes les deux.

Elle empoigna un panier et s'avança dans l'allée centrale, suivie de près par Istvan.

— Elles ne m'ont pas l'air bien mûres, dit-il en la regardant choisir des tomates. Vous devriez plutôt prendre celles-ci.

Il désigna l'étal voisin.

— Elles me paraissent plus goûteuses.

Indigo ne put retenir un sourire.

— Vous n'allez tout de même pas me dire que vous faites vos courses vous-même, Istvan ?

— Istvan ? De qui parlez-vous ? Je m'appelle Joe. Et je viens toujours faire mes courses ici.

Sans attendre sa réaction, il choisit quelques tomates et les déposa dans son propre panier.

Il avait pris un panier ? Il faisait ses courses ?

Suffoquée, elle le regarda palper les aubergines d'un air connaisseur. Il était vraiment prêt à tout pour captiver son attention…

— Que diriez-vous de prendre aussi quelques courgettes, Joe ? répliqua Indigo en haussant un sourcil.

— Je n'y tiens pas particulièrement.

— Ah. Des olives ? Vous préférez les noires, ou les vertes ?

— Les vertes.

Elle tourna la tête vers lui et sourit franchement.

— Vous comptez me suivre dans tout le marché ?

— Qui, moi ? fit-il innocemment. Je fais mes courses, c'est tout.

Quel drôle de prince… Après avoir abusé de son statut royal, il se comportait vis-à-vis d'elle comme un individu lambda essayant de lui faire du charme.

Charme auquel elle était en passe de succomber, reconnut Indigo. Juste un peu. Comment ne pas être touchée par ce prince qui se mettait en quatre pour l'impressionner ?

Les gens se retournaient sur eux, remarqua-t-elle tandis qu'ils continuaient de faire leurs courses. Peut-être parce qu'il n'avait pas ôté ses lunettes noires. Et les gardes du corps, au fait ? Indigo se retourna et n'en aperçut aucun. Istvan leur avait-il demandé de rester à l'extérieur ?

— Pourquoi faites-vous cela ? demanda-t-elle.

— Je ne fais rien de spécial, j'achète ce dont j'ai besoin.

Il regarda les différentes sortes de pâtes fraîches avant de choisir les raviolis au fromage.

Son panier était rempli à ras bord, remarqua Indigo.

— Et qu'allez-vous faire de tout ce que vous avez acheté ?

— Je vais tout manger, bien sûr, répliqua-t-il avec le plus grand sérieux.

Avant de prendre un pot de sauce tomate aux épices. Il aurait été prêt à acheter *tout* le marché rien que pour lui parler. À ceci près qu'il n'avait toujours pas dit ce qu'il avait à lui dire…

Après avoir pris chacun un pain aux olives encore chaud, ils arrivèrent à la caisse et Istvan la laissa passer la première, avant de prévenir la caissière qu'il payait le tout.

— C'est hors de question, protesta vivement Indigo.

Elle sortit deux billets de son portefeuille et les tendit à la caissière qui les prit en haussant les épaules, puis lui rendit la monnaie.

— Vous êtes vraiment unique, se contenta de dire Istvan en souriant.

— Parce que je tiens à payer mes courses ?

Il plongea son regard dans le sien.

— Non. Parce que vous êtes farouchement indépendante, incroyablement têtue et absolument ravissante.

Son cœur fit un petit bond, avant de se mettre à battre comme un fou.

Pourquoi s'obstinait-elle à refuser de passer la soirée avec cet homme somptueux, alors qu'elle en mourait d'envie ?

4.

Istvan n'avait jamais fait les courses de sa vie, mais si c'était aussi amusant, il était prêt à recommencer. Sauf qu'il pressentait que sans Indigo, l'expérience serait beaucoup moins agréable.

Plus il la côtoyait, plus il brûlait de savoir qui elle était vraiment. Il avait vu la façon dont elle le regardait sur la plage – elle partageait l'attirance qu'il éprouvait pour elle. Mais pourquoi luttait-elle contre son désir ? Mystère.

Quand ils sortirent du marché couvert, Istvan lui proposa de porter ses courses et, à sa grande surprise, elle accepta. Et il en fut ravi au point qu'il faillit la remercier de le laisser porter ses sacs…

— Maintenant, vous allez me dire pourquoi vous êtes venu jusque chez moi, déclara-t-elle soudain.

Ah, il avait réussi à piquer sa curiosité… Tant mieux. Il avait marqué un point.

— J'ai essayé de vous joindre par téléphone, mais vous n'avez pas répondu.

— C'était vous ? Quand j'ai vu que l'appel était masqué, j'ai pensé qu'il s'agissait d'un indésirable.

— *Indésirable*…, répéta Istvan, interloqué. Je n'avais encore jamais eu droit à ce genre de qualificatif.

— Et pourquoi teniez-vous tant à me parler ? demanda-t-elle au bout de quelques instants.

— J'ai une proposition à vous faire.

Elle tourna les yeux vers lui, le regard méfiant.

— Quel genre de proposition, exactement ?

— Une proposition qui devrait vous plaire.

— Il faudrait déjà que je sache de quoi il s'agit.

Istvan s'éclaircit la voix.

— J'aimerais vous embaucher.

— M'embaucher ? Pour quoi faire ? répliqua-t-elle en haussant ses sourcils fins. La cuisine ?

— Hum… Je n'y avais pas pensé, mais ce ne serait pas une mauvaise idée. Nous en reparlerons peut-être plus tard.

Il la regarda en souriant.

— Dans l'immédiat, je voudrais que vous fassiez mon portrait officiel.

Cette fois elle s'immobilisa et le dévisagea d'un air incrédule.

— Moi ? Que je fasse votre portrait ?

— Oui.

Elle se remit à marcher et déclara avec calme :

— Non.

Ça par exemple ! Elle déclinait son offre ? Si elle plaisantait, ce n'était vraiment pas drôle. Avait-elle une idée du nombre d'artistes qui s'étaient disputé l'honneur de faire ce fichu portrait ?

— Ne voyez-vous pas que cela représenterait un atout précieux pour votre carrière ? Après cela, vous pourriez choisir vos projets, imposer vos tarifs.

— J'en suis tout à fait consciente. Mais ma réponse reste la même.

Indigo était différente des autres, OK. Elle faisait les choses à *sa* façon. Mais il savait aussi que son travail était vital pour elle. Alors, pourquoi refuser une opportunité en or ?

Peut-être n'avait-il pas été suffisamment clair.

— Ce portrait sera très médiatisé. Il sera reproduit sur

les timbres postaux, les pièces de monnaie, les billets et Dieu sait quoi encore.

— Ce sera excellent pour votre image, mais je n'ai pas changé d'avis.

En plus de persister dans son refus, elle accélérait le pas, comme si elle était pressée de s'éloigner de lui…

— Comment peut-on refuser une opportunité aussi alléchante ? s'exclama Istvan, agacé.

Elle s'arrêta et se tourna vers lui, carra les épaules et redressa légèrement le menton.

— Vous n'avez pas l'habitude qu'on vous dise « non », je sais, mais j'ai d'autres obligations.

— Arrangez-vous pour replanifier votre emploi du temps.

Seigneur, on aurait dit son père, réalisa Istvan, horrifié.

— Non, riposta-t-elle en le foudroyant du regard.

Il fallait calmer le jeu, sinon Indigo lui opposerait un refus définitif.

— Excusez-moi. Je m'y suis mal pris. Si j'insiste autant pour que ce soit vous qui fassiez ce portrait officiel, c'est parce que je sais que vous saurez traduire les valeurs qui me sont chères et que je voudrais faire passer.

Une multitude d'expressions se succédèrent sur le visage d'Indigo, plus éloquentes qu'aucune parole.

— Alors, vous acceptez ? demanda Istvan avec espoir.

— Non, répondit-elle en se remettant en route.

Il aurait dû baisser les bras et partir. Mais il ne pouvait se résoudre à renoncer à son projet. Il voulait *absolument* que ce soit Indigo qui fasse son portrait.

Et il n'était pas prêt à renoncer à elle, tout simplement, s'avoua Istvan avant de chasser aussitôt cette pensée.

— Vous serez très bien payée.

Il mentionna une somme astronomique.

— Imaginez un peu ce que vous pourriez faire avec cet argent.

Cette fois, elle ralentit le pas, puis finit par s'arrêter.

— Vous plaisantez, dit-elle en se tournant lentement vers lui.

— Pas le moins du monde.

— Pourquoi moi ?

— Parce que j'aime ce que vous faites. C'est original, et profond.

— Je suis certaine que votre famille a déjà choisi un artiste.

— Ne vous inquiétez pas pour ma famille. Je m'en occupe.

Sa mère s'opposerait à sa décision mais il aurait le dernier mot. C'était lui l'héritier du trône, après tout. Il faudrait bien que ses parents se fassent à l'idée qu'il n'avait pas l'intention de céder indéfiniment à leurs quatre volontés.

— Alors, vous êtes partante ?

Elle baissa les yeux. Pourquoi hésitait-elle encore ? À sa place, tous les autres auraient sauté sur l'occasion.

Sans dire un mot, elle se remit à marcher tandis qu'Istvan se posait toutes sortes de questions. On aurait dit qu'elle nourrissait un grief envers lui, alors qu'ils ne s'étaient jamais rencontrés auparavant. Peut-être avait-elle quelque chose contre les gens riches. Mais si ç'avait été le cas, elle n'aurait pas travaillé au Ludus Resort. Il se faisait des idées. Elle était peut-être nerveuse à cause de son statut royal. D'un autre côté, elle n'avait pas peur de le défier… Alors, pourquoi cette réticence, bon sang ?

Indigo Castellanos était un véritable puzzle dont il brûlait de rassembler les morceaux. En l'emmenant avec lui à Rydiania, il en aurait l'opportunité. Encore fallait-il la convaincre de partir avec lui.

Quand ils s'arrêtèrent au bas de son immeuble, il la regarda en haussant les sourcils.

— Qu'en dites-vous ?

— Je ne peux pas demander un congé à Hermione alors que je viens de commencer à travailler pour elle.

— Ne vous inquiétez pas, je verrai cela directement avec elle. Vous ne perdrez pas votre travail, je vous le promets.

Elle écarquilla les yeux, puis l'ombre d'un sourire passa sur la belle bouche pulpeuse.

— Ah oui, c'est vrai. J'oubliais que vous êtes amis, tous les deux.

Après un bref silence, elle redressa le menton et regarda Istvan droit dans les yeux.

— J'aurai besoin d'une avance. Vingt-cinq pour cent de la somme totale.

Elle savait ce qu'elle voulait. Parfait.

— Pas de problème.

— Et le solde aussitôt le portrait terminé.

— Entendu.

Lorsqu'il lui tendit la main pour sceller leur marché, elle hésita un instant avant de la prendre. Istvan savoura la sensation des doigts fins glissant sur sa paume. Des étincelles fusèrent dans tout son bras, avant de pétiller partout en lui.

Comme si elle l'avait senti, Indigo retira vivement sa main et baissa les yeux, mais il eut le temps de voir l'adorable roseur colorant ses pommettes.

Se retournant, il fit signe à Elek, qui se tenait à distance respectueuse, de venir les rejoindre pour récupérer le contrat qu'il lui avait confié.

— Lisez-le et rendez-le-moi signé, dit-il en tendant le document à Indigo. Mon chauffeur passera vous prendre lundi matin à 6 heures précises.

— Pour m'emmener où ?

— Il vous conduira jusqu'à mon jet privé. Ne vous inquiétez pas, vous ne commencerez pas à travailler dès lundi. Vous aurez le temps de vous installer au palais et de…

— Au palais ? À Rydiania ? l'interrompit-elle, l'air affolé.

— Vous ne pensiez tout de même pas faire mon portrait ici ?

— Je… Je n'avais pas pensé que je devrais partir, dit-elle en plissant le front.

— Si vous n'êtes jamais allée à Rydiania, je vous promets que vous ne serez pas déçue. Quant au palais…

— Non, je ne peux pas, l'interrompit-elle à nouveau.

— Vous ne pouvez pas… ?

— Allez là-bas. Je ferai votre portrait, mais ici.

Istvan laissa échapper un soupir ulcéré. Chaque fois qu'ils avaient fait un pas en avant, elle dressait un obstacle l'empêchant de continuer. Sa patience était à bout. Ils avaient conclu un accord verbal et elle respecterait ses engagements, bon sang !

— Je ne comprends pas votre attitude, Indigo. Nous avons passé un accord et je compte sur vous pour le respecter. Soyez prête lundi à 6 heures.

Voyant qu'elle allait protester, il l'arrêta d'un geste.

— J'ai des témoins, poursuivit-il en tournant les yeux vers Elek et les deux autres gardes du corps. Ne me poussez pas à bout.

Une lueur dure traversa le regard d'Indigo.

— Ah, vous montrez vos vraies couleurs, maintenant.

Istvan ignorait à quoi elle faisait allusion, mais il s'en fichait. Il lui tendit ses courses, puis les siennes.

— Tenez. À demain.

Elle contempla les sacs.

— Mais ce sont vos courses…

— J'ai perdu l'appétit. Bonne soirée.

Sur ces mots, il se tourna vers la voiture qui venait de se garer au bord du trottoir, monta à bord et referma la portière, tout en se demandant pourquoi il se donnait autant de mal. Si elle répugnait à ce point à travailler pour lui, pourquoi ne pas renoncer à son projet ? Était-ce une question d'ego ? Ou y avait-il autre chose…

Peu importait. Il n'avait pas envie de s'autoanalyser. Indigo avait paru se résigner et accepter l'idée de partir avec lui lundi.

Istvan s'appuya la nuque en arrière et sourit. Ces séances de pose ne manqueraient pas de piquant…

Avait-elle vraiment accepté de travailler pour le prince ?

Indigo traversa la petite entrée en se repassant mentalement les événements de la soirée et entra dans le salon où, comme elle s'y attendait, sa mère s'était assoupie sur le sofa, ses lunettes de lecture sur le nez et un livre ouvert posé sur la poitrine.

La somme proposée par le prince suffirait à l'installer dans la résidence services qu'elle avait choisie. Et leurs vies à toutes deux allaient changer du tout au tout. Elle n'aurait plus l'impression d'être un fardeau pour sa fille, même si sa présence n'avait jamais pesé à Indigo.

Une fois que sa mère bénéficierait de l'aide dont elle avait besoin, elle-même serait libre de se consacrer à sa carrière. Et son exposition ayant lieu dans deux semaines, elle en profiterait pour commencer le portrait du prince. Indigo aurait préféré disposer de cinq semaines en tout, mais elle n'avait pas le choix.

Après avoir déposé toutes les provisions à la cuisine, elle décida de faire griller des légumes et de les servir avec des pâtes.

Quand elle s'installa à table en face de sa mère, celle-ci lui raconta l'intrigue du roman qu'elle était en train de lire. Elle adorait la lecture et y consacrait la plupart de son temps, mais elle n'avait rien contre une bonne série télévisée, et il lui arrivait parfois de visionner tous les épisodes à la suite, quitte à passer une partie de la nuit devant la télévision.

— J'ai quelque chose à te dire, maman, commença Indigo après qu'elles eurent terminé le dessert.

Sa mère s'appuya au dossier de sa chaise. Depuis quelque temps, elle ne pouvait plus se passer de sa canule à oxygène, mais affirmait que cela ne la gênait pas.

— Tu as l'air bien sérieuse…

— Rien de grave, ne t'inquiète pas, répliqua Indigo à la hâte. C'est juste qu'une opportunité incroyable s'est présentée à moi.

— Mais quelle bonne nouvelle ! C'est en lien avec ton exposition à la galerie ?

— Je ne sais pas encore. On verra.

— En quoi consiste cette opportunité, exactement ?

Impossible de dire la vérité à sa mère. Le choc serait trop violent.

— Je vais devoir voyager un peu, faire des recherches pour de futures peintures.

Elle ne mentait qu'à moitié, en fait. Car elle venait de réaliser qu'elle pourrait profiter de son séjour à Rydiania pour commencer de nouveaux travaux. Il serait trop tard pour les exposer à la galerie, mais elle les montrerait plus tard, lors d'une prochaine exposition.

— Quand pars-tu ?

— Lundi, je n'ai pas le choix. Cela t'ennuie ?

— Tu sais bien que je ne veux pas que tu te sentes coincée ici à cause de moi, ma chérie, répliqua sa mère en fronçant les sourcils. Et que c'est bien pour cela que j'ai hâte de retrouver mon indépendance.

— Justement, j'ai une bonne nouvelle à t'annoncer. Si tout va bien, nous devrions pouvoir t'installer dans ton nouvel appartement dès mon retour.

— Quoi ? fit sa mère, les yeux brillants. Mais comment ?

— J'ai fait le point sur nos finances, et avec ce que va me

rapporter ce nouveau projet, nous pourrons nous permettre de t'offrir le logement dont tu rêves.

Indigo s'attendait à voir de la joie sur les traits de sa mère, mais celle-ci la regarda plutôt d'un air contrarié.

— Ce n'est pas juste que tu doives financer ma nouvelle installation.

Indigo bondit de sa chaise et alla s'agenouiller à côté de sa mère.

— Tu ne m'as rien demandé, dit-elle en lui prenant les mains. Je le fais parce que je veux que tu sois heureuse. Et parce que, même si tu te plais ici, ce n'est pas pareil que d'avoir ton chez-toi. Je t'aime, maman. Alors laisse-moi t'aider, je t'en prie.

— J'ai tellement de chance de t'avoir…, murmura sa mère, les larmes aux yeux.

— C'est moi qui ai de la chance de t'avoir, répliqua Indigo en se redressant.

— Combien de temps seras-tu partie ?

— Pas plus de deux semaines, je dois être rentrée pour l'exposition.

— Je suis impatiente de voir ça, dit sa mère en souriant. Je suis si fière de toi.

— Merci, maman.

Si elle avait su ce que sa fille s'apprêtait à faire, elle aurait été cruellement déçue, la pauvre.

— J'ai fait les courses en conséquence, reprit Indigo. Tu as de quoi tenir un bout de temps, je crois. Tu préviens tante Aggie que je m'en vais, ou tu préfères que je l'appelle ?

— Je l'appellerai, ne t'en fais pas.

— Que veux-tu que je fasse, avant de partir ?

— Rien, ma foi. Tu as fait des courses, j'ai ma provision de livres… Au fait, elle ne m'en a pas parlé, mais j'ai l'impression que ta tante fréquente quelqu'un…

— Elle a peut-être besoin d'un peu de temps.

— Tout de même, c'est ma sœur…, répliqua sa mère en commençant à rassembler les assiettes.

— Laisse, maman, je vais débarrasser la table.

— Je ne suis pas infirme, tu sais ?

— Oui, je sais. Je ne veux pas que tu te fatigues inutilement, c'est tout.

Elle regarda sa mère se lever lentement, puis prendre les verres et se diriger à petits pas vers la cuisine.

Indigo ne supportait pas de voir qu'elle n'était plus que l'ombre de la femme forte qui, après avoir perdu son mari, avait élevé sa fille seule, tout en travaillant comme journaliste. Elle avait été un modèle pour Indigo, jusqu'à ce que sa santé l'oblige à renoncer à toute activité professionnelle.

À présent, c'était à son tour de faire tout son possible pour assurer à sa mère une vie confortable et l'aider à retrouver un semblant d'indépendance. Même si pour y parvenir, elle devait renier la promesse faite à son père de ne jamais retourner à Rydiania.

5.

À 6 heures pile, une berline noire aux vitres teintées s'était arrêtée devant son immeuble. Mais quand, après l'avoir saluée avec respect, le chauffeur lui avait ouvert la portière arrière, Indigo avait découvert avec surprise qu'Istvan n'était pas là. Il avait une affaire à régler et les rejoindrait à l'aéroport, lui avait alors expliqué le chauffeur.

En fait, il était déjà sur place et l'attendait à côté du jet royal. Ils avaient échangé quelques paroles, Istvan s'était entretenu brièvement avec le pilote, puis ils s'étaient envolés sans plus attendre vers Rydiania.

Quelques heures plus tard, installée dans un fauteuil ultra-confortable en cuir blanc ivoire, Indigo contemplait le ciel bleu par le hublot. Les gardes du corps assis à l'arrière étaient si discrets qu'elle avait vite oublié leur présence. Quant à Istvan, assis à son niveau mais de l'autre côté de l'allée centrale, il travaillait, son ordinateur portable ouvert devant lui et, équipé d'une oreillette, il parlait presque à voix basse en même temps que ses doigts couraient sur le clavier.

Il avait l'air préoccupé. Y avait-il un problème au palais ?

En tout cas, cela laissait à Indigo le temps de réfléchir et de s'adapter tant bien que mal à sa nouvelle situation. Quand elle songeait à un éventuel face-à-face avec le roi et la reine, elle en avait les mains et le front moites. Elle trouverait bien un moyen de les éviter, se rassura-t-elle.

Le petit signal rouge s'allumant soudain, elle comprit qu'ils arrivaient déjà à destination.

— Je m'en fiche, j'ai d'autres obligations, dit tout à coup Istvan en haussant le ton.

Il retira son oreillette et la fourra dans sa poche, puis tourna les yeux vers Indigo.

— Excusez-moi.

— Pas de problème, répliqua Indigo.

Franchement, elle comprenait qu'il soit fatigué de cette conversation qui durait depuis plus de quatre heures.

— Le palais est mécontent que je me sois absenté, soupira-t-il. J'ai une montagne de travail qui m'attend…

— J'imagine.

Quand elle était petite, son père rentrait souvent fort tard à la maison. Les rares fois où il revenait de bonne heure, il lui racontait des histoires sur la famille royale. À l'époque, elle prenait cela pour des contes de fées, mais plus tard, elle avait réalisé que les histoires qu'il lui racontait étaient ancrées dans la réalité.

— C'est la première fois que vous venez à Rydiania, si j'ai bien compris.

La belle voix grave la ramena au présent.

— J'organiserai quelques visites pour vous. Vous n'allez pas rester enfermée toute la journée à travailler, n'est-ce pas ?

— Cela ne me dérangerait pas.

Elle préférerait, même. Afin de rentrer le plus tôt possible en Grèce.

— J'insiste, déclara fermement Istvan.

En dépit de son amabilité, de sa souplesse – et de son charme –, elle n'avait pas affaire à un homme ordinaire. Il était prince. Et pas n'importe lequel. Le prince héritier de Rydiania. Elle ne devait pas l'oublier.

— Attachez votre ceinture, dit-il sur le même ton.

— Pardon ?

— Nous allons atterrir. Vous devez attacher votre ceinture de sécurité.

— Oui, bien sûr, répliqua Indigo en rougissant.

Décidément, il avait le don de la déstabiliser. Elle devrait être plus vigilante, dorénavant, et rester sur ses gardes.

Une fois sa ceinture bouclée, elle tourna les yeux vers le paysage luxuriant qui s'étalait en contrebas. Mais les vastes étendues de vert étaient maintenant parsemées de villes. Elle se réjouit malgré elle. Un peu de tourisme lui ferait du bien, après tout. La dernière fois qu'elle avait quitté la Grèce, ç'avait été pour aller peindre en Italie. Et son voyage à Venise lui avait beaucoup apporté.

Indigo sourit. Son père lui avait tellement répété qu'elle manquait de réalisme. Sa tante avait voulu l'embaucher dans son salon de coiffure. La seule à avoir cru à son talent, ç'avait été sa mère, qui lui avait dit encore et encore qu'elle devait tout faire pour réaliser ses rêves.

Après ce travail de commande pour le prince, elle pourrait demander des tarifs élevés pour ses portraits, ce qui lui permettrait d'assurer à sa mère la sécurité et le confort dont celle-ci avait besoin. Par conséquent, elle avait bien fait d'accepter la proposition d'Istvan.

L'avion commençant à perdre de l'altitude, Indigo agrippa les accoudoirs, lorsque l'appareil traversa soudain une zone de turbulences. Elle se raidit, enfonça les doigts dans le cuir moelleux, quand une grande main chaude couvrit la sienne. Levant les yeux, elle croisa le regard d'Istvan.

— Nous atterrissons dans quelques instants, dit-il avec un sourire rassurant.

Incapable de prononcer un mot, elle hocha la tête puis tourna le regard vers le hublot.

— Ça va ?

Indigo hocha de nouveau la tête.

— C'était grave ?

— De quoi parlez-vous ? fit-elle en se retournant vers lui.

— De l'incident qui s'est produit lors d'un voyage en avion.

Comment avait-il deviné ? Elle n'en parlait jamais, pour ne pas revivre ces instants. Mais en parler l'aiderait peut-être à surmonter sa peur.

— Ç'aurait pu être pire. Je… L'avion dans lequel je me trouvais a failli s'écraser. C'est arrivé il y a quelques années.

Istvan resserra brièvement la main sur la sienne.

— Au début, j'avais décidé de ne plus jamais remonter dans un avion, poursuivit-elle. Mais j'ai vite compris que si je voulais réaliser mes rêves, je n'avais pas le choix.

— C'était très courageux de votre part.

Indigo haussa les épaules. Elle ne se sentait pas courageuse mais stupide d'avoir peur de prendre l'avion, même si la peur diminuait à chaque nouveau vol.

— Je revenais de Londres et je profitais de n'avoir personne à côté de moi pour me détendre. J'étais si impatiente de rentrer à la maison, de parler à ma mère de mes cours de dessin, de peinture…

— Vous avez quitté votre pays pour aller étudier en Angleterre ? demanda-t-il gentiment.

— Oui, j'ai eu la chance de pouvoir suivre les cours de l'un des plus grands artistes du monde.

Elle cita le nom du célèbre peintre et observa Istvan pour voir s'il le connaissait.

— Quelle chance, en effet ! s'exclama-t-il en écarquillant les yeux. Il a su vous aider à développer votre talent unique.

Le compliment la fit rougir. Istvan parlait-il sérieusement ? Quand elle le regarda dans les yeux, Indigo oublia tous ses doutes. Puis, se rendant compte qu'elle le fixait depuis trop longtemps, elle baissa les yeux. La grande main chaude couvrait toujours la sienne, lui donnant le sentiment d'être en sécurité.

— Je regardais le soleil et le ciel bleu par le hublot, et brusquement, j'ai entendu un bruit bizarre – j'ai appris plus tard qu'un oiseau était entré en collision avec l'avion – et les moteurs se sont arrêtés.

Le souvenir des flammes et de la fumée était encore vivace, même plusieurs années après. À l'époque, Indigo avait fait des cauchemars horribles pendant longtemps. Mais elle avait pris cela comme un cadeau du destin, une nouvelle chance qu'elle s'était promis de ne jamais gaspiller.

— Je… J'ai pensé que nous n'en sortirions pas vivants, poursuivit-elle. Tout à coup, l'avion s'est mis à descendre, beaucoup trop vite.

— Ce n'est pas étonnant que vous soyez nerveuse en avion.

— Au tout dernier moment, le pilote a réussi à le redresser et à atterrir. Inutile de vous dire que le contact avec le sol a été brutal, mais quand j'ai posé le pied sur la terre ferme, je n'avais jamais été aussi heureuse de ma vie.

— Et cela ne vous a pas empêchée de reprendre l'avion.

— Non, même si les premières fois, j'étais terrifiée. Mais je sais ce qu'il en coûte quand on se laisse détruire par des événements indépendants de sa volonté.

Pourquoi avait-elle dit cela ? Elle n'avait certes pas l'intention d'évoquer la tragédie dont son père avait été victime.

Il y eut une secousse. Indigo tourna la tête vers le hublot et s'aperçut que le jet roulait maintenant sur la piste.

Le prince ôta sa main ; une sensation de froid se répandit aussitôt dans la sienne.

— Nous sommes arrivés.

Il rassembla ses affaires et les glissa dans son attaché-case en cuir noir tandis qu'elle saisissait le carnet de croquis auquel, contrairement à son habitude, elle n'avait pas touché.

Lorsque le jet s'immobilisa, elle aperçut une berline noire qui les attendait au bord de la piste. Elle reconnut le drapeau violet sur lequel ressortait la couronne dorée, l'emblème royal étant reproduit également sur la portière.

— Je peux très bien loger ailleurs qu'au palais, vous savez ? dit-elle en se tournant vers Istvan. Je trouverai facilement un hébergement au village.

Il haussa un sourcil.

— Vous refusez mon hospitalité ?

— Je dis seulement que je serais aussi bien au village. Je… Je pourrais en profiter pour m'imprégner de l'atmosphère locale, des paysages.

Il la dévisagea un instant en silence.

— Si je ne savais pas pourquoi vous avez accepté de venir ici, je pourrais penser que vous cherchez à me fuir.

— Si ce n'est pas envisageable, dites-le, répliqua Indigo à la hâte.

— Je ne vais pas vous forcer à vous installer au palais, soupira Istvan. Vous devrez vous y présenter demain matin, c'est tout.

— Vous pouvez compter sur moi.

Ils se dirigèrent vers la porte du jet qui venait de s'ouvrir. Un homme en costume sombre et à la mine grave se tenait au bas des marches. Il salua le prince avec déférence.

— Avez-vous fait bon voyage, Altesse ?

— Oui, merci.

Il se tourna vers Indigo.

— Je vous présente Indigo, Jozsef. Je lui ai demandé de faire mon portrait. Indigo, je vous présente Jozsef, mon secrétaire particulier – sans lui, je ne m'y retrouverais pas dans mon emploi du temps.

Les sourcils du prénommé Jozsef se haussèrent imperceptiblement.

— Vous n'êtes pas sans savoir que la reine a déjà engagé un artiste, Altesse.

— Je verrai cela avec la reine plus tard. Mlle Castellanos

souhaiterait s'installer au village. Pourriez-vous lui trouver quelque chose d'approprié ?

— Naturellement, Monsieur.

Le secrétaire particulier s'écarta de quelques pas pour passer un coup de fil.

— Ce n'était pas la peine de lui demander de s'en occuper, protesta Indigo.

Elle ne voulait être un fardeau pour personne.

— Ne vous en faites pas. Cela relève de ses attributions, répliqua Istvan avant de s'avancer vers la berline.

Le chauffeur ouvrit la portière, mais Istvan s'écarta et invita Indigo à monter d'abord.

À l'intérieur du véhicule, tout était noir, hormis le blason de la famille royale brodé sur les sièges. Il y avait beaucoup d'espace pour les jambes, remarqua Indigo en s'asseyant sur la large banquette arrière. Il y avait même un petit bar aménagé contre la cloison vitrée les séparant du chauffeur.

Lorsque le prince s'assit à côté d'elle, Indigo regarda droit devant elle en retenant son souffle. Le bras musclé effleura le sien, faisant aussitôt naître en elle une myriade de frissons délicieux.

Elle s'écarta de lui le plus possible, et buta sur l'accoudoir de la portière qui s'enfonça dans ses côtes. Quand elle tourna la tête vers Istvan, elle vit une lueur amusée pétiller dans les magnifiques yeux bleus.

— Inutile de vous coller à la portière. Il y a suffisamment de place pour deux.

Peut-être, mais Indigo était beaucoup trop troublée par la proximité du corps viril, des larges épaules, du torse musclé, des longues jambes.

Elle croisa les mains sur ses genoux. Cela faisait plus... professionnel.

— Vous savez que je ne peux pas terminer le portrait en deux semaines, n'est-ce pas ?

— Tout à fait. Voulez-vous que je pose pour vous dès demain ?

— Non, c'est trop tôt. J'ai d'abord besoin de vous observer. J'aimerais vous regarder vaquer à vos occupations habituelles. Si cela vous paraît possible, naturellement.

— Vous désirez me regarder travailler ? répliqua-t-il, l'air incrédule.

— Exactement.

— Je n'y vois pas d'inconvénient, mais vous allez vous ennuyer, dit-il en souriant.

Indigo remarqua de nouveau la blancheur des dents régulières, la petite fossette qui le rendait encore plus séduisant. Le sourire éblouissant, l'éclat du regard.

La beauté du prince Istvan avait quelque chose de scandaleux. Il n'avait pas le droit d'être aussi attirant. Parce que en dépit de ses efforts, elle n'arrivait pas à le détester.

— Dites-moi, pourquoi m'avoir embauchée si la reine a déjà demandé à un artiste de faire votre portrait ?

— Parce que c'est *mon* portrait, et que je veux choisir qui le fait. Mon pays a besoin de changement. De renouveau. J'espère qu'avec votre aide, je serai vu comme un symbole d'ouverture, et non comme un représentant de ce vieux régime qui dirige le pays de la même façon depuis beaucoup trop longtemps.

Eh bien ! Elle s'était complètement trompée à son sujet. Un espoir insensé se déploya dans le cœur d'Indigo. L'espoir sincère qu'il soit différent parce que… Rydiania avait besoin de changement, voilà. Si elle se réjouissait intérieurement, c'était à cause de cela et de rien d'autre.

Istvan aurait bien aimé lui demander pourquoi elle se tenait quasiment en permanence sur ses gardes, mais il n'osait pas. D'autant qu'elle paraissait se détendre un peu.

— À propos, il faudra que vous me disiez de quoi vous avez besoin, reprit-il d'un ton neutre.

— Comment cela ?

— Vous aurez besoin de diverses fournitures, j'imagine ?

— Oh ! oui, bien sûr.

Elle ouvrit son sac et en sortit une feuille de papier qu'elle lui tendit.

— Voilà, tout y est inscrit.

Impressionné, il baissa les yeux sur la liste rédigée avec soin et précision.

— Je veillerai à ce que tout ceci soit mis à votre disposition.

— Merci.

Des coups discrets étant soudain frappés à la vitre, il la baissa pour écouter Jozsef – aucune chambre disponible au village. Indigo allait être obligée d'accepter son hospitalité...

Il remonta la vitre et se tourna vers elle.

— Désolé, tous les hébergements ont été réservés à cause d'un mariage qui a lieu au village.

— Oh..., murmura-t-elle, visiblement déçue.

Dès que le chauffeur démarra, Istvan s'installa plus confortablement.

— Ne vous inquiétez pas. Le palais va vous plaire. Il ressemble plus à un musée qu'à une maison.

Elle le regarda en souriant.

— J'ai dit quelque chose de drôle ?

— C'est la première fois que j'entends quelqu'un dire qu'il vit dans un musée.

— Ah... On peut y voir un certain nombre d'œuvres anciennes et d'autres plus récentes. Chaque fois qu'un dignitaire étranger nous rend visite, il se sent obligé d'apporter un présent. Bref, il y en a un peu partout, sauf dans l'aile qui m'est réservée.

— Vous occupez une aile entière du palais ?

— C'est l'un des privilèges inhérents à ma condition de

prince héritier, répondit-il en hochant la tête. Mes sœurs se partagent une autre aile, et mes parents ont la leur. Ce qui en laisse une pour nos hôtes.

— Tandis que moi je me contente d'un modeste deux-pièces, répliqua Indigo avec humour. Dont la superficie totale est sans doute inférieure à celle d'une seule pièce du palais.

Istvan éclata de rire. Plus elle se détendait et plus elle lui plaisait. Ils étaient tous les deux des esprits libres et avec un peu de chance, ils deviendraient vite amis. Et alors, il aurait une bonne raison de la revoir après son retour en Grèce.

6.

Indigo voulait haïr Rydiania. Elle voulait que le palais soit un endroit horrible. Au lieu de cela, elle découvrait peu à peu un environnement d'une beauté idyllique.

Médusée, elle regarda les grands arbres au feuillage vert tendre s'élevant de chaque côté de la route lorsque soudain, une trouée laissa entrevoir une prairie verdoyante au milieu de laquelle s'étalait un étang. Indigo aperçut une cane et ses canetons glissant sur l'eau et eut l'impression de se retrouver à l'intérieur d'une aquarelle. Elle soupira intérieurement. C'était injuste. Il devait bien y avoir quelque chose de haïssable quelque part !

Mais la route continua de serpenter à travers la campagne riante et subitement, Indigo eut le sentiment d'être en vacances et d'avoir atterri au paradis. Avant de décider que ce paysage avait quelque chose de trop champêtre, de trop rural, et qu'elle était trop citadine pour en apprécier la sérénité. Sans le vacarme de la ville, la foule, les boutiques, elle s'ennuierait rapidement …

Ce qui ne l'empêcha pas de garder les yeux tournés vers la vitre et d'enregistrer mentalement tout ce qu'elle voyait. Pour ne pas être exposée au regard perspicace d'Istvan, se convainquit-elle.

— Qu'en pensez-vous ?

De quoi, au juste ? Du paysage, ou des réactions qu'elle avait du mal à contrôler…

— C'est magnifique, mais pour en goûter tout le charme, il faut être un fan de nature.

— Ce qui n'est pas votre cas, manifestement ! répliqua-t-il en riant.

Pourquoi tenait-il à engager la conversation avec elle ? Ils n'étaient pas amis et ne le seraient jamais. Elle l'avait accompagné parce qu'ils avaient passé un contrat professionnel, point final. Dans deux semaines, elle repartirait et ils ne se reverraient plus jamais. Elle achèverait le portrait en Grèce et le lui ferait parvenir. Et pourtant, elle aimait bavarder avec Istvan, reconnut Indigo. Parce que avec lui, la conversation était facile. Et agréable.

— Franchement, c'est très beau. Mais je suis habituée à un environnement plus urbain.

— Je comprends. Vous avez toujours vécu à Athènes ?

Elle se tourna vers lui.

— Vous ne le savez pas ? Je pensais que vous auriez fait enquêter sur moi avant de m'embaucher.

— Bien sûr. Nous le faisons systématiquement avant d'embaucher quelqu'un, mais cela ne veut pas dire que j'aie lu le rapport en détail. Le plus important étant que vous n'ayez pas de passé criminel. Jozsef a par ailleurs appelé Hermione pour lui poser quelques questions. J'aurais dû le lire plus attentivement ?

Indigo secoua la tête.

— Vous n'avez toujours pas répondu à ma question, poursuivit-il en souriant.

— Je... Oui, j'ai toujours vécu à Athènes, mentit-elle.

— Vous avez de la famille ?

— Oui, ma mère. Mon père est mort quand j'étais adolescente, dit-elle brièvement.

— J'en suis navré.

Pas la peine. Elle n'avait pas besoin de sa compassion.

— Vous êtes fille unique ?

Lasse de parler d'elle, Indigo acquiesça d'un hochement de tête.

— Et vous ? demanda-t-elle en haussant les sourcils.

— J'ai trois sœurs.

Elle l'imagina enfant avec trois sœurs lui courant après…

— Vous avez dû avoir une enfance passionnante.

— Vous n'imaginez pas à quel point…, soupira-t-il. Mes sœurs sont parfois… difficiles à gérer. Vous aurez l'occasion de faire leur connaissance durant votre séjour.

— Avec plaisir.

Quoi ? Il fallait vraiment qu'elle se surveille !

Indigo sortit son téléphone et prit quelques photos du paysage. Pendant ce temps-là, elle ne disait pas de bêtises, au moins.

À l'instant où elle voyait soudain des gratte-ciel se profiler au loin, le chauffeur ralentit, puis quitta la grand-route pour prendre une route communale.

— Nous ne passons pas par la ville ? demanda-t-elle.

— Vous paraissez déçue.

— Non, mais je suis curieuse de voir à quoi ressemblent les villes de Rydiania.

— Je veillerai à ce que vous visitiez la capitale. Certains quartiers vous intéresseraient, je pense. Mais dans l'immédiat, je suis attendu au palais.

— Je comprends.

Elle avait trop tendance à oublier qu'il était un prince et non un simple roturier, et que par conséquent, ils ne faisaient pas partie du même monde.

Des maisons apparurent de chaque côté de la route, mais séparées par de vastes étendues de verdure parsemées de buissons et de fleurs aux couleurs vives.

La berline ralentit, s'arrêta à un croisement, puis le chauffeur emprunta une route à sens unique qui traversait un village où flânaient des touristes, certains avec des brochures à la main, d'autres prenant des photos avec leurs smartphones.

Des arômes incroyables s'infiltrèrent dans la voiture, d'épices, d'aromates…

— Oui, il y a de merveilleux endroits où manger, au village.

— Je m'en souviendrai. Le palais est loin d'ici ?

— Non. En fait, il se trouve juste à la sortie du village.

Un sentiment de culpabilité la gagna. Elle avait accepté de venir à Rydiania pour aider sa mère, mais ce faisant, elle avait l'impression de trahir son père.

La berline ralentissant de nouveau, elle aperçut une imposante grille en fer forgé qui se dressait à une dizaine de mètres. Des gardes en uniforme violet foncé et coiffés de toques noires se tenaient devant. De chaque côté, il y avait une petite guérite noire, très jolie.

Comme mus par un ressort, les gardes pivotèrent sur eux-mêmes et ouvrirent lentement les immenses grilles. La berline s'avança tandis que, à l'extrémité de l'allée pavée, le palais apparaissait dans toute sa majesté.

Le cœur battant à tout rompre, Indigo le contempla, fascinée. Il était… gigantesque. Tout de pierre gris clair, il s'élançait vers le ciel, l'impression de hauteur étant encore renforcée par les élégantes tourelles. Au-dessus de l'édifice, le drapeau violet et or flottait au vent.

Le véhicule contourna le palais et s'arrêta devant un portail dont les portes furent ouvertes par deux hommes en costume noir et chemise blanche.

— Bienvenue au palais, dit Istvan en souriant.

Elle entrouvrit les lèvres, mais aucun son n'en sortit. Un mélange d'émotions contradictoires l'envahit. D'un côté, elle était fascinée par la somptuosité des lieux, de l'autre, elle se reprochait de céder à la fascination et d'oublier que son père avait été autrefois chassé de ce palais digne d'un conte de fées.

Quelques instants plus tard, Istvan l'invita à gravir les quelques marches conduisant à une porte qui s'ouvrit devant eux comme par magie.

Indigo contempla le tapis rouge qui semblait avoir été déroulé pour eux. Comment rester indifférente à un tel raffinement ? Les photos vues en ligne ne rendaient pas justice à la beauté qui l'environnait, loin de là. Elle avait l'impression d'entrer dans un livre, semblable à ceux que sa mère lui lisait quand elle était enfant. Traversant l'énorme coupole de verre située trois étages plus haut, la lumière se déversait sur un vaste hall circulaire, conférant un aspect surréel à l'atmosphère.

— Vous venez, Indi ?

Sidérée, elle se tourna vivement vers Istvan qui l'attendait au pied d'un escalier monumental.

— Indi ? répéta-t-elle, choquée et ravie de l'entendre utiliser le diminutif de son prénom.

— Personne ne vous appelle ainsi ? demanda-t-il en souriant.

— Euh… Si.

— Parfait. Il vous va bien. Je vous conduis à votre suite ?

Quand elle gravit les marches à côté de lui, Indigo réfléchit à l'attitude d'Istvan. Devait-elle comprendre qu'il souhaitait nouer un lien amical avec elle ?

Elle retint un soupir. Si seulement cet homme sublime n'avait pas appartenu à la famille royale de Rydiania…

Quand Indigo sourit tout à coup, elle était si belle qu'Istvan en eut le souffle coupé.

Cela faisait une éternité qu'il ne s'était senti aussi vivant, aussi allègre. Il avait eu raison de l'emmener avec lui. Elle apportait une bouffée d'air frais dans ce vieux palais endormi. Il avait besoin de quelqu'un comme elle, pour se rappeler à quoi pourrait ressembler le royaume une fois débarrassé des traditions rétrogrades et impitoyables qui se transmettaient de génération en génération. Un souffle plus doux passerait bientôt sur le pays, un vent de modernité qui secouerait les vieilles institutions poussiéreuses.

Il serait celui qui incarnerait le changement. Ses idées radicales rencontreraient des résistances, mais il espérait avoir la force d'aider son pays à sortir de l'ancien monde où celui-ci avait tendance à s'enliser.

La première étape de ce changement consisterait à montrer que son règne serait différent – que lui, Istvan, était différent. À commencer par sa représentation picturale. Indigo saisirait sa volonté de changement et la traduirait dans son portrait.

Quand ils furent arrivés en haut des marches, il s'arrêta pour permettre à Indigo de prendre ses repères. On pouvait aisément se perdre, dans le palais.

Ses trois sœurs apparurent aussitôt et s'avancèrent vers eux, les yeux brillants. En vérité, elles lui prêtèrent à peine attention. Istvan se retint de lever les yeux au ciel. Ces trois-là pouvaient se transformer en redoutables inquisitrices, quand il s'intéressait à quelqu'un. Non qu'il s'intéresse à Indigo d'un point de vue sentimental. À ce stade de son existence, il ne pouvait se permettre de nouer ce genre de relation.

Les trois princesses s'immobilisèrent devant lui. Gisella et Beatrix en pantalon, chemisier et hauts talons, sa petite sœur, Cecilia, en jupe bleu ciel ultra-mini et débardeur jaune clair.

— Comment s'appelle ton amie ? demanda Gisella.

Il tourna les yeux vers Indigo, qui souriait aux princesses.

— Je vous présente mes sœurs, Indigo. Voici la princesse Gisella, l'aînée. À sa gauche, la princesse Cecilia, la plus jeune. Et à sa droite, la princesse Beatrix.

— Ravie de vous rencontrer, dit Indigo.

Ses sœurs la gratifièrent de leur sourire bien policé. Elles pouvaient aussi bien se montrer très aimables et accueillantes, que faire montre d'une froideur glaciale envers leurs hôtes. Comment allaient-elles se comporter vis-à-vis d'Indigo ?

Brusquement, elles se mirent à parler toutes en même temps, bombardant Indigo de questions, tandis que celle-ci les regardait, d'un air un peu perdu.

— Taisez-vous ! ordonna Istvan. Laissez le temps à Indigo de s'adapter, avant de l'assommer avec vos questions.

Gisella le regarda en plissant le front.

— Mère est au courant ?

— Non, répondit-il sans plus d'explications.

Sa sœur croisa les bras.

— Elle ne va pas apprécier que tu reçoives une invitée sans l'avoir prévenue.

Les deux autres acquiescèrent d'un hochement de tête.

— Indigo n'est pas une invitée. Pas dans le sens que vous imaginez. Je l'ai embauchée pour faire mon portrait.

Une expression stupéfaite se peignit sur les trois visages. Avaient-elles vraiment pensé qu'il revenait avec une petite amie pour la présenter à sa famille ? S'il avait eu une relation de ce type, il n'aurait jamais amené sa compagne au palais !

— C'est vrai que vous êtes une artiste peintre ? demanda Cecilia.

— Oui. J'ai fait la connaissance de votre frère en faisant un portrait rapide de lui.

— Intéressant, fit Beatrix. Et où était-ce ?

— Arrête, intervint Istvan. Indigo est fatiguée à cause du voyage.

— C'est toi, Istvan ? demanda la voix de la reine depuis le rez-de-chaussée.

— Oui, je suis rentré.

Le cliquettement des talons sur le marbre se rapprocha

de l'escalier. Istvan se tourna vers ses sœurs et les vit s'éloigner rapidement dans trois directions différentes. Inutile de compter sur elles pour l'aider à empêcher leur mère de terroriser Indigo.

Il se pencha vers elle et murmura :

— Ne vous inquiétez pas.

— Je ne m'inquiète pas, répliqua-t-elle avec calme.

Le fait de se retrouver face à face avec la reine de Rydiania ne l'impressionnait pas plus que ça, apparemment.

— Istvan, tu es de retour, dit sa mère en arrivant sur le palier.

Il la regarda s'avancer vers lui, en robe classique bleu marine à encolure soulignée d'un liseré blanc, et sur laquelle ressortait la broche royale en forme de couronne, sertie de petits diamants entourant une améthyste. Ses deux parents portaient leurs insignes royaux au quotidien. Istvan était censé faire la même chose depuis qu'il était l'héritier au trône, mais trouvant cela prétentieux, il portait la sienne quand il le décidait.

— Bonjour, Mère, dit-il en s'avançant vers elle pour lui déposer un léger baiser sur la joue.

— Il était temps que tu reviennes.

Le regard aiguisé se posa sur Indigo mais, au lieu d'afficher de la surprise, la reine la gratifia du sourire artificiel qu'elle réservait à ce genre d'occasion.

Elle était prise au dépourvu – ce qu'elle détestait. Sa mère tenait à être au courant du moindre événement, avant même qu'il ne se produise.

— J'ai le plaisir de vous présenter Indigo Castellanos, qui vient d'Athènes. Indigo, je vous présente la reine Della.

Indigo semblait s'être pétrifiée sur place. Elle ne sourit pas, ne fit pas la révérence d'usage devant la reine. Son attitude rappela à Istvan leur première rencontre. Il aurait peut-être dû lui faire un petit topo sur le protocole royal…

— Soyez la bienvenue au palais, dit enfin sa mère d'un ton glacial.

La gorge d'Indigo se contracta. Elle devait faire un effort pour desserrer les mâchoires, comprit Istvan.

— Merci de m'accueillir dans votre… maison.

La reine continuait de la dévisager, sans doute pour tester sa résistance.

— J'ai demandé à Indigo de faire mon portrait officiel, Mère.

Cette fois, la reine ne put dissimuler sa surprise et haussa ses sourcils finement dessinés au crayon.

— Nous avons déjà un peintre. Il a fait d'autres portraits royaux.

— Il ne fera pas le mien, déclara Istvan.

Il ne céderait pas. S'il capitulait maintenant, sa mère s'interposerait toujours entre lui et ses projets et aurait le dernier mot. Et alors, il ne régnerait qu'en apparence.

Le regard de la reine s'assombrit, mais elle se contint et répliqua avec calme :

— Le roi t'attend.

— Dans le salon bleu ?

C'était la pièce préférée de son père. Il ne s'agissait pas de son bureau officiel, mais ces derniers temps, il s'y installait souvent pour travailler.

— Oui. Il souhaite que tu ailles le voir immédiatement.

Pas question d'abandonner Indigo, dont le visage était d'une pâleur inquiétante.

— J'irai le voir sous peu.

Istvan se tourna vers Indigo, mais elle fixait toujours la reine qui, sans ajouter un mot, repartit en sens inverse et redescendit bientôt les marches.

— Indi ? Ça va ? demanda-t-il en lui prenant doucement le bras.

Elle tressaillit et tourna les yeux vers lui.

— Excusez-moi. Je… J'étais perdue dans mes pensées.

Lui cachait-elle quelque chose ? Non, elle était épuisée, voilà tout. Et sa rencontre non préparée avec la reine l'avait déstabilisée. Il tâcherait d'être plus prévenant envers elle, dorénavant.

7.

Au fil des années, Indigo s'était demandé maintes fois comment elle réagirait si elle se retrouvait un jour face au roi et à la reine de Rydiania. Mais jamais elle ne s'était imaginée restant pétrifiée devant l'un ou l'autre.

Elle avait réagi de la même manière lors de sa première rencontre avec Istvan. Cela ne lui ressemblait guère, pourtant. Alors, pourquoi s'être figée sur place lorsque la reine s'était avancée vers eux ?

Parce qu'elle avait espéré que celle-ci la reconnaîtrait et s'excuserait d'avoir banni son père ? D'avoir détruit sa vie ? Non, pas vraiment. Elle n'avait jamais cru au miracle. Pas plus qu'elle n'aurait imaginé être un jour invitée à séjourner au palais royal.

Après cela, elle avait été en proie à tant d'émotions contradictoires que, prétextant un mal de tête épouvantable, Indigo avait demandé à un membre du personnel de l'excuser auprès d'Istvan et de lui dire qu'elle préférait dîner dans sa suite, en précisant qu'elle se contenterait d'une collation légère. Quelques instants plus tard, un plateau-repas lui avait été apporté.

Ce matin, Istvan lui avait fait visiter l'aile principale du palais. Elle avait adoré la bibliothèque et ses murs tapissés de livres, ses fauteuils à oreilles et sa haute cheminée, et aussi le jardin d'hiver aux immenses baies vitrées. Jamais elle n'avait vu autant de plantes.

En revanche, la salle du trône et la salle des emblèmes l'avaient laissée indifférente. Indigo aurait bien aimé voir les cuisines, mais ce n'était pas prévu dans la visite.

Le soir venu, alors qu'elle arpentait le salon de sa suite après avoir eu sa mère au téléphone, elle réalisa soudain que son petit appartement lui manquait. Sa mère aussi. Et même sa tante Aggie.

Voyant qu'il était déjà 18 heures, elle décida de prendre une douche avant de se changer pour le dîner. La journée avait été longue et elle avait besoin de se rafraîchir. Istvan avait dit qu'il passerait la prendre à 19 heures.

Quand Indigo sortit de la salle de bains, elle se demanda quels vêtements porter. Jean et T-shirt étaient exclus. Aussi choisit-elle une robe longue rose pêche, puis se sécha les cheveux et les rassembla en queue-de-cheval, en laissant quelques mèches boucler autour de son visage.

Elle ne se maquillait jamais beaucoup, aussi se contenta-t-elle d'appliquer son fond de teint habituel et de se poudrer. Puis, après s'être regardée dans le miroir, elle décida de s'offrir un petit extra et opta pour un fard à paupières brillant couleur sable, une touche de mascara brun foncé, et, pour terminer, du gloss beige naturel.

Qu'en penserait Istvan ? Indigo se traita d'idiote. Elle était venue à Rydiania pour travailler, pas pour se livrer à une entreprise de séduction. Et puis, elle se fichait pas mal de ce qu'il pensait d'elle.

Lorsqu'on frappa à la porte, son cœur se mit néanmoins à battre la chamade. Elle aurait peut-être dû opter pour le jean, finalement…

— J'arrive ! cria-t-elle en jetant un dernier regard à son reflet dans le haut miroir.

Non, cette robe était parfaite. Surtout qu'elle ne savait pas où Istvan l'emmenait dîner…

Quand elle ouvrit la porte, son cœur s'emballa. Les

cheveux encore humides, la mâchoire rasée de près, le prince Istvan était d'une beauté dévastatrice. Indigo baissa les yeux sur le col de chemise entrouvert laissant entrevoir la peau hâlée, le jean gris anthracite… Et voilà, il portait un *jean* !

— Prête ? demanda-t-il.

Mon Dieu, ce sourire… Elle s'éclaircit discrètement la voix, puis sourit à son tour d'un air détaché.

— Oui. J'espère que ma tenue est appropriée.

Mais pourquoi avait-elle dit cela ? Elle n'avait pas besoin de son approbation !

Le sourire s'élargit, éclairant tout le visage d'Istvan.

— Vous êtes superbe.

Le cœur d'Indigo fit un petit bond.

— Merci.

— Je vous emmène ? répliqua-t-il en lui offrant le bras.

Elle aurait dû ignorer son geste, mais elle ne voulait pas se montrer grossière. Jusqu'à présent, Istvan avait fait preuve de gentillesse et de générosité envers elle. En vérité, elle ne voyait aucune raison de le détester. À tel point qu'elle commençait à se demander si elle s'était trompée sur toute la ligne. Éventualité aussi troublante que déstabilisante, reconnut Indigo en glissant son bras sous celui du prince.

Au lieu de se diriger vers le grand escalier, il prit la direction opposée. Pourvu qu'elle ait bien compris, et qu'ils ne dînent pas au palais…

Ils longèrent un couloir menant à un autre escalier, qui paraissait presque rudimentaire comparé à celui qu'elle connaissait déjà. Au rez-de-chaussée, Istvan emprunta un petit couloir se terminant par une porte flanquée d'un garde. Celui-ci s'inclina devant le prince et ouvrit la porte en leur souhaitant une bonne soirée. Istvan le remercia et se tourna vers Indigo qui savourait la caresse de la brise tiède sur sa peau.

— Vous préféreriez peut-être dîner au palais ? demanda-t-il avec une lueur taquine au fond des yeux.

— Non ! s'exclama-t-elle spontanément.

Il sourit.

— C'est bien ce que j'avais pensé.

Sans même lui demander ce qu'il avait prévu, Indigo se laissa entraîner docilement. Du moment qu'ils ne dînaient pas en famille, elle se fichait de savoir où il l'emmenait.

Le soleil paraissait suspendu au-dessus de l'horizon, diaprant le ciel mauve d'éclats de rose, d'orangé et de violet. Le spectacle était… grandiose.

Istvan s'arrêta à côté d'un cabriolet rouge cerise.

— Je me suis dit que vous préféreriez vous rendre au village en voiture plutôt que de marcher avec ces talons. Ils ne sont pas vraiment faits pour les longs trajets…

— Non, en effet.

Quand elle croisa son regard, une lueur complice y brillait. Il faisait allusion à leur petite virée au marché, quand lui-même avait dit peu ou prou la même chose à propos de ses mocassins en daim.

— En vérité, je suis ravi de conduire le cabriolet. Cela fait bien longtemps que je ne me suis pas offert ce petit plaisir.

Indigo se glissa à l'intérieur du véhicule bas et s'installa sur le siège en cuir gris perle. Istvan referma la portière, puis contourna le véhicule pour venir s'asseoir au volant. Les larges épaules frôlèrent les siennes, faisant naître une sensation brûlante au plus intime de sa féminité. Elle tenta bien de s'écarter le plus possible, mais l'espace était vraiment restreint…

Si Istvan remarqua sa manœuvre, il n'en laissa rien paraître. Il ne semblait pas non plus gêné par leur proximité. Alors, pourquoi s'inquiétait-elle, au fond ?

Il alluma le contact. Le moteur ronronna, puis le véhicule s'avança souplement sur l'allée pavée qui traversait les immenses pelouses entretenues avec soin et parsemées çà et là de superbes massifs de fleurs déclinant des nuances de violet, de jaune et de blanc. L'ensemble dégageait une telle impression d'harmonie qu'Indigo eut de nouveau l'impression d'être transportée dans une aquarelle.

— Vous avez paru attirée par le village, lorsque nous l'avons traversé en arrivant, dit Istvan. Alors j'ai pensé que nous pourrions dîner là-bas. Mais si vous préférez, nous pouvons aller en ville. Ce n'est guère plus loin.

— Non, allons au village, c'est une très bonne idée.

Sa voix avait pris un accent rauque, tout à coup. Les effluves épicés et mâles lui tournaient la tête.

— Je l'ai trouvé très beau, en effet, poursuivit-elle après avoir dégluti.

— Moi aussi.

Quand elle tourna les yeux vers lui, Indigo remarqua le petit sourire en coin et fut de nouveau parcourue par une sensation délicieuse.

— Je suis étonnée que vous passiez autant de temps à l'étranger, dit-elle pour empêcher ses pensées de divaguer.

Le regard du prince passa brièvement sur elle.

— Vous avez fait votre petite enquête sur moi ?

— Non…, dit-elle en rosissant. Je voulais juste en savoir un peu plus sur vous avant de partir. Et d'après ce que j'ai lu sur Internet, vous voyagez pas mal.

Il demeura silencieux quelques instants.

— J'aime voyager, c'est vrai.

Ce n'était pas un mystère, tout le monde connaissait son goût pour les voyages, notamment en Europe. La presse relatait ses moindres déplacements – et le montrait avec des femmes somptueuses à son bras –, songea Indigo avec un petit pincement au cœur.

Istvan ralentit avant d'entrer dans le village. Non seulement la route était étroite, mais des véhicules étaient garés de chaque côté. Elle ne put s'empêcher de se demander si des gens reconnaissaient la voiture. Quant à Istvan, il ne cherchait pas à se faire remarquer, c'était évident. Il préférait l'anonymat – enfin, dans la mesure où le prince héritier de Rydiania pouvait venir au village incognito.

À dire vrai, Istvan était ravi d'avoir réussi à échapper à l'atmosphère guindée des repas familiaux. Même s'il savait qu'il n'avait pas pour autant fini d'entendre parler de sa décision « inconsidérée » d'embaucher « n'importe qui » pour faire son portrait officiel.

Il avait eu droit à des regards désapprobateurs de la reine, puis du roi quand il était passé dire quelques mots à celui-ci avant d'emmener Indigo dîner au village. Son père ne l'approuvait pas, il ne le lui avait pas caché. Et Gisella, après l'avoir dévisagé en soupirant, lui avait demandé pour la énième fois *pourquoi il ne se contentait pas de jouer son rôle.*

D'après elle, il aurait dû se plier aux diktats de leurs parents sans broncher, même s'il ne partageait pas leurs idées. Or lui ne l'entendait pas de cette oreille. Pas question de renoncer à *ses* valeurs.

Repérant une place libre, il se gara, puis se tourna vers Indigo.

— De quel genre de cuisine avez-vous envie ?

— Je goûterais avec plaisir aux spécialités locales.

— Je connais l'endroit idéal, répliqua-t-il en souriant.

— J'ai l'impression que vous venez souvent au village.

— En effet. J'y viens aussi souvent que possible.

— Ce n'est pas trop pénible ? Vous n'êtes pas assailli par des gens qui vous demandent un selfie, des autographes ?

— Non. C'est un petit village, tout le monde me connaît et sait que je souhaite être traité comme l'un d'entre eux. En revanche, c'est parfois difficile d'échapper aux touristes.

Heureusement que le soir, la plupart d'entre eux repartent en ville.

— Ah…, fit-elle en hochant lentement la tête.

— Vous avez l'air… surprise.

— Oui, je le suis. Je vous imaginais passant tout votre temps au palais lorsque vous êtes à Rydiania.

— Mes parents n'en sortent pas beaucoup. Personnellement, je ne conçois pas de gouverner un pays sans savoir ce qui est important pour ceux qui y vivent. Et le meilleur moyen de le savoir, c'est de se mêler à eux. Allons-y, conclut-il en descendant du véhicule.

Istvan contourna le cabriolet pour ouvrir la portière côté passager mais il arriva trop tard – Indigo était déjà sur le trottoir. Il ne put s'empêcher de sourire. Elle tenait à son indépendance et cela lui plaisait. C'était de ce genre de personne qu'il avait besoin. De gens faisant fi des traditions et du cérémonial, et qui lui rappellent qu'il n'était qu'un individu parmi d'autres.

Indigo repartirait en Grèce, il le savait. Et lui-même devrait bientôt monter sur le trône. Par conséquent, il profiterait au maximum des moments qu'il passerait avec elle.

Quelques personnes leur sourirent et leur dirent bonjour en passant. Istvan connaissait pratiquement tout le monde. Quand il venait au village, il s'y baladait presque librement, deux gardes du corps le suivaient mais si discrètement qu'il ne s'en apercevait même pas. En ville, c'était différent. Il ne s'y rendait qu'accompagné de protection rapprochée.

Tout en marchant à côté de lui sur le trottoir, Indigo regardait les vitrines des boutiques au charme un peu désuet.

— J'aurais dû prendre mon carnet de croquis et un crayon…, dit-elle en s'arrêtant devant la devanture de la librairie qui vendait des livres neufs et anciens.

Istvan désigna la boutique faisant l'angle de la rue.

— Ce boulanger fait des petits pains à la cannelle qui vous fondent littéralement dans la bouche.

— J'aimerais beaucoup explorer toutes ces boutiques ! s'exclama Indigo en regardant alentour avec de grands yeux.

Un peu plus loin, il s'arrêta sur le trottoir et attendit qu'elle voie la galerie d'art. Elle s'immobilisa à côté de lui et entrouvrit les lèvres.

— Vous avez aussi une galerie ? dit-elle d'un air extasié.

— Oui. Vous voulez entrer jeter un coup d'œil ? C'est encore ouvert.

— J'adorerais ça, mais nous avons prévu d'aller dîner, non ?

— Nous avons le temps de faire les deux.

— Vous voulez bien ? C'est vrai ?

— Venez, répliqua-t-il en souriant.

Elle lui adressa un sourire si radieux qu'il la regarda en retenant son souffle, avant de baisser les yeux sur la belle bouche pulpeuse. Comment réagirait Indigo s'il l'embrassait ? Il n'y avait qu'un moyen de le savoir…

Lentement, il pencha le visage vers le sien…

— Regardez !

Istvan se redressa aussitôt en se traitant d'imbécile. Qu'est-ce qu'il lui avait pris ? Indigo ne se livrait pas à des aventures passagères. Si ç'avait été le cas, elle se serait déjà jetée dans ses bras. En outre, il ne voulait pas prendre le risque de la faire souffrir en l'entraînant dans une histoire sans lendemain.

Suivant la direction de son regard, il aperçut un cheval tirant une charrette.

— Certains fermiers du coin travaillent à l'ancienne, expliqua-t-il. Ils apportent leur production au village comme le faisaient leurs ancêtres.

Convaincus, comme son père, que le changement n'avait pas sa place à Rydiania.

— C'est fabuleux ! s'extasia-t-elle en sortant son smartphone pour prendre quelques photos.

Il la regarda faire en silence. Sa vie allait lui paraître bien vide, après le départ d'Indigo.

— Istvan ? Quelque chose ne va pas ?

— Excusez-moi. Je pensais à… à une réunion ennuyeuse à laquelle je dois participer demain. Mais vous devez avoir faim, dit-il en fronçant les sourcils. Nous pourrions revenir un autre jour, pour la galerie – qu'en pensez-vous ?

— Excellente idée, dit-elle en prenant le bras qu'il lui offrait.

Une sensation inconnue naquit dans sa poitrine. Une douce chaleur qui semblait irradier de son cœur et se répandre dans tout son être. Istvan la refoula sans pitié. Il devait se concentrer sur ses devoirs royaux. La santé de son père déclinait à vue d'œil et ils tenaient à ce que la transition soit effectuée avant qu'il ne puisse plus s'afficher publiquement. En outre, sa fragilité pourrait s'avérer néfaste pour le royaume.

Cette perspective était loin de réjouir Istvan. Pour commencer, il détestait que son père soit contraint d'abdiquer à cause de son état de santé. Ensuite, il se demandait comment il allait supporter les critiques de ses parents une fois qu'il serait au pouvoir. Ils n'approuvaient pas sa volonté de changement et ne lui faciliteraient pas la tâche, au contraire.

Il s'arrêta devant le restaurant et leva les yeux vers l'enseigne fixée au-dessus de la porte.

— « Le Bistro Artiste »…, dit lentement Indigo.

Dès qu'il ouvrit la porte, elle s'engouffra à l'intérieur et, les yeux brillants, contempla les œuvres d'art accrochées aux murs, posées sur des piédestaux…

— Incroyable…, murmura-t-elle.

— J'ai pensé que cet endroit vous plairait. La propriétaire

est la sœur du propriétaire de la galerie d'art. Ils ont décidé de s'associer et c'est ainsi que Le Bistro Artiste est né.

— C'est une idée *géniale* ! dit-elle avec un grand sourire lumineux.

Dès qu'il les aperçut, le maître d'hôtel s'avança vers eux et, après les avoir salués avec chaleur, demanda à Istvan s'il souhaitait s'installer à sa table habituelle – à l'arrière du restaurant, là où il était le moins susceptible d'être repéré par les touristes.

— Non, plutôt là-bas, répondit-il en désignant une table située au centre de la salle.

De cette façon, Indigo pourrait contempler les œuvres à sa guise.

Une fois assis l'un en face de l'autre, ils prirent les menus que leur présentait le maître d'hôtel… et Istvan se rendit soudain compte qu'il n'avait plus faim. Pas de ce type de nourriture, du moins.

Il ne désirait qu'une chose : en apprendre davantage sur la femme assise en face de lui. La connaître intimement. Charnellement. Indigo était elle-même une œuvre d'art qu'il brûlait de toucher, d'explorer. Il contempla les petites mèches bouclant autour du beau visage, les lèvres pleines et sensuelles…

Seigneur, cette bouche… S'ils n'avaient pas été séparés par une table, il n'aurait pu résister au désir de les goûter.

8.

La nourriture était exquise. Le décor stupéfiant.

Et la compagnie d'Istvan délicieuse.

Indigo avait du mal à l'admettre, il était supposé être son ennemi, mais plus elle le connaissait, plus elle savourait les moments qu'ils passaient ensemble.

Il était drôle. Attentionné. Bienveillant, et même compatissant.

Comment pouvait-il appartenir à une famille qui avait condamné l'un de ses membres à l'exil et l'avait déshérité ? Qui avait banni un serviteur loyal et dévoué ?

C'était incompréhensible.

Istvan l'avait amenée à Rydiania pour qu'elle fasse son portrait alors qu'aux yeux de la famille royale, elle était une rien du tout. Une parfaite inconnue. Et pourtant, il tenait tête à ses parents qui avaient déjà choisi un peintre de renom.

La soirée s'était déroulée bien trop vite et ils avaient maintenant repris la route en direction du palais. Indigo le regarda à la dérobée. Éclairé par la faible lumière du tableau de bord, le beau visage paraissait encore plus altier. Istvan conduisait tout en souplesse, le cabriolet paraissant fonctionner en pilotage automatique et connaître le chemin par cœur.

Lorsque le véhicule s'engagea dans l'allée du palais, elle retint un soupir. Cette merveilleuse soirée était déjà terminée. Elle aurait voulu en savoir plus sur le prince. Le questionner sur ses voyages. Durant tout le dîner, elle avait répondu à ses questions. Au début, elle avait eu du mal, mais Istvan avait le don de la faire parler. Avec lui, Indigo se sentait en confiance et avait l'impression de bavarder avec un vieil ami.

Le cabriolet ralentit et s'arrêta à l'arrière du palais, sous un grand arbre.

— Nous sommes rentrés.

— Vous vous sentez bien, dans ce palais ? demanda-t-elle en tournant la tête vers lui.

— C'est ma maison.

Elle laissa échapper un petit rire amusé.

— Vous appelez ce somptueux palais une *maison* ?

— Ce n'est pas moi qui l'ai fait construire.

— Mais cela ne vous dérange pas d'y vivre, même s'il ressemble plus à un musée qu'à une maison ?

Il garda le silence pendant quelques instants, puis soupira.

— C'est une question d'habitude, je suppose. Je suis né et j'ai grandi ici. Pendant longtemps, c'est le seul univers que j'ai connu.

— Et maintenant que vous avez voyagé dans le monde entier, que choisiriez-vous comme lieu de résidence si vous étiez libre de vous installer ailleurs ? demanda Indigo par curiosité.

— Je n'en sais trop rien, murmura-t-il en se tournant vers elle. Je ne peux pas m'offrir le luxe de rêver d'une autre vie. Ma voie avait été tracée dès avant ma naissance.

Elle le plaignit de tout son cœur, ce qui était stupide. Pourquoi serait-elle désolée pour lui alors qu'il jouissait de tous les privilèges ?

— Ce n'est pas juste, dit-elle doucement. Vous devriez pouvoir décider de votre avenir.

Quand Istvan prit sa main et en caressa le dos du bout du pouce, Indigo eut l'impression que son cœur allait s'arrêter.

— Vous êtes la première à me dire cela.

Subitement, elle vit l'homme derrière le prince. Il paraissait si proche, tout à coup. Si accessible. Le regard bleu l'envoûtait, l'attirait inexorablement vers lui. Ni lui ni elle ne voulaient des responsabilités qui leur incombaient, mais ils ne pouvaient pas y tourner le dos. Ils étaient prisonniers de leurs rôles – Istvan se préparait à gouverner un royaume, à se dévouer à son pays, elle-même ferait tout pour permettre à sa mère de vivre dans les meilleures conditions possibles.

Le regard d'Istvan descendit sur ses lèvres. Son cœur lui martela la poitrine. Les longs doigts se resserrèrent autour des siens.

La réalité s'évanouit. Indigo oublia les raisons qui lui interdisaient d'embrasser cet homme et lui offrit ses lèvres. Une seule chose lui importait : être dans les bras d'Istvan et savourer les caresses de la bouche ferme et chaude sur la sienne.

Le temps ralentit et s'accéléra à la fois. Istvan approfondit le baiser, leurs langues s'enlacèrent, se mêlèrent…

Gagnée par une ivresse insensée, Indigo posa la main sur le torse musclé et retint un gémissement. Elle aurait voulu que ce moment ne s'arrête jamais, qu'ils restent dans leur bulle magique, à l'écart du monde. Son corps frémissait, réclamait. Alors que ce baiser était probablement le premier et le dernier qu'ils échangeraient.

Son cœur se serra à cette pensée, mais elle refoula la tristesse qui l'envahissait. La bouche d'Istvan avait un goût de fruits rouges et de champagne. Elle écarta la main du torse musclé et la referma sur la nuque chaude, glissa les doigts sous les cheveux épais sans plus retenir un gémissement de plaisir.

Ils vivaient dans des univers radicalement différents. Istvan n'avait pas banni son père, mais il était le prince héritier et lorsqu'il régnerait, il n'hésiterait pas à recourir à ce genre de procédé si les circonstances l'exigeaient.

Indigo recula brusquement tandis que, le souffle court, Istvan la regardait en battant des paupières, l'air confus.

— Cela n'aurait pas dû arriver, dit-elle d'un ton brutal.

Sans attendre la réaction du prince, elle ouvrit la portière et descendit du véhicule avant de s'élancer vers la petite porte située à l'arrière du palais.

— Indi ! Attends !

Elle continua d'avancer. Elle ne pouvait pas lui parler maintenant. Elle n'aurait même pas su quoi lui dire. Ce baiser avait été merveilleux, mais inacceptable. Une idylle avec Istvan ne pourrait conduire qu'à une catastrophe dont *elle* serait la victime.

Le garde lui ouvrit la porte. Il l'avait reconnue, Dieu merci. Elle se précipita vers l'escalier en espérant ne rencontrer personne en chemin. Hélas, quand elle arriva en haut des marches, elle faillit heurter la reine qui s'apprêtait à les descendre.

Elle s'immobilisa, atterrée, et déglutit avec effort.

— Excusez-moi, Madame. Je ne vous avais pas vue.

— Vos parents ne vous ont pas appris les bonnes manières ? répliqua la reine avec hauteur.

Indigo redressa les épaules et retint la réplique cinglante qui lui montait aux lèvres. Une image venait de lui traverser l'esprit – celle de sa mère installée dans son nouvel appartement. Elle ravala son indignation et exécuta un semblant de révérence.

— Majesté, dit-elle, les dents serrées.

La reine la dévisagea un instant en silence.

— Cela ne fonctionnera pas, vous le savez.

Les avait-elle vus s'embrasser ? Non, impossible. Et puis, elle n'imaginait pas Sa Majesté embusquée derrière une fenêtre pour espionner son fils.

— De quoi parlez-vous ? demanda Indigo.

— De votre tentative de séduire mon fils. Vous n'êtes qu'une petite intrigante, une soi-disant artiste sans doute dépourvue de tout talent. Istvan est un prince royal. Le prince héritier de Rydiania, et quand il se mariera, il se choisira une épouse appropriée à son rang. Pas une roturière. Une étrangère.

Indigo eut du mal à ne pas répliquer qu'elle n'était pas une étrangère. Mais cela n'aurait fait qu'aggraver la situation car la reine croirait qu'elle avait jeté son dévolu sur Istvan pour venger son père.

— Écoutez-moi bien, reprit-elle d'un ton sentencieux. Vous allez partir. Et le plus tôt possible.

Sur ces paroles, elle redressa le menton et descendit les marches, tandis qu'Indigo se dirigeait rapidement vers sa suite. Une fois à l'intérieur, elle referma la porte et tourna la clé dans la serrure, traversa le salon et entra dans la chambre avant de se laisser tomber sur le lit.

Comment cette femme osait-elle la regarder de haut ? La mépriser ? Si seulement cela avait pu la dégoûter d'Istvan. Mais ce baiser l'avait réveillée, lui révélant une part d'elle-même dont elle ignorait l'existence. Jamais Indigo ne s'était sentie aussi vivante. Tout son corps vibrait, palpitait.

On frappa légèrement à la porte du salon.

— Indi ? Je peux te parler ?

Son cœur s'affola. Elle aurait tant voulu laisser entrer Istvan. Elle brûlait de le revoir. De se jeter dans ses bras. Et ensuite ? Elle repensa à la reine, à son mépris, à la menace à peine voilée qu'elle avait proférée.

— Indi, s'il te plaît.

Non, pas maintenant. Elle avait besoin de réfléchir. Il lui fallait un peu de temps et de solitude.

— Non, va-t'en, dit-elle à regret.

Elle tendit l'oreille. Il y eut un silence, puis elle entendit Istvan s'éloigner dans le couloir.

Qu'allait-elle faire, à présent ? Indigo n'en avait pas la moindre idée. Elle se leva en soupirant et se dirigea vers la salle de bains.

Une douche l'aiderait peut-être à remettre de l'ordre dans ses pensées – et à oublier ce merveilleux baiser dont le simple souvenir suffisait à la faire frémir de la tête aux pieds.

À quoi avait-il pensé, bon sang ?

À rien. C'était ça, le problème. Il s'était laissé aveugler par le désir et avait fait ce qu'il brûlait de faire depuis l'instant où il avait aperçu Indigo.

Istvan soupira. En succombant à ce désir, il avait tout gâché. Il revit la façon dont elle l'avait repoussé puis regardé, l'air horrifié, avant de s'écarter et de descendre précipitamment du véhicule. Elle avait été si pressée de s'éloigner de lui qu'elle était partie presque en courant

Mais pourquoi ? Aucune femme ne l'avait jamais fui après un baiser, au contraire. Elles avaient plutôt tendance à en redemander.

Son téléphone vibrant dans sa poche, il soupira de nouveau. C'était le secrétaire particulier du roi, qui l'informait que Sa Majesté souhaitait le voir. Istvan poussa un juron étouffé, repartit en sens inverse et s'arrêta bientôt devant la porte du bureau du roi.

Il rajusta sa chemise, mais sans en reboutonner le col, puis ouvrit la porte et entra dans le bureau du secrétaire, qui travaillait jusqu'à des heures indues – comme son prédécesseur avant lui et encore tous ceux qui l'avaient précédé. L'homme au crâne chauve leva les yeux de son ordinateur et le regarda par-dessus ses lunettes à monture dorée, d'un air si soulagé qu'Istvan retint un sourire.

— Sa Majesté vous attend, Altesse, dit-il en se levant. Un instant, je vous prie.

Il disparut à l'intérieur du sanctuaire royal et réapparut une minute après.

— Le roi est prêt à vous recevoir, annonça-t-il cérémonieusement en rouvrant la porte pour Istvan.

Son père était assis à son bureau, une montagne de dossiers posés devant lui – il refusait de passer aux outils numériques, naturellement, et s'en tenait à l'usage du papier et du stylo-plume.

— Assieds-toi, dit-il d'une voix tendue.

Istvan s'assit dans l'un des deux fauteuils réservés aux visiteurs et regarda son père, tout en pensant à Indigo. Que faisait-elle ? Tant qu'elle ne préparait pas ses bagages, il avait une chance de réparer les dégâts.

— Tu me parais bien distrait, Istvan. Je suppose que tu as passé la soirée avec cette femme.

— Elle s'appelle Indigo. Et, oui, je l'ai emmenée dîner au village.

Le roi haussa les sourcils.

— Depuis quand nous appartient-il de divertir les employés ?

— Elle ne fait pas partie du personnel, Père. Indigo est une artiste à qui j'ai demandé de faire mon portrait.

— Tu t'es beaucoup absenté, ces temps derniers, répliqua le roi en s'appuyant au dossier de son fauteuil.

Il croisa les mains sur son ventre avant d'ajouter :

— Cela doit cesser.

Istvan imita son père et s'appuya à son dossier pour bien lui montrer qu'il ne comptait pas se laisser intimider. Il détestait être en désaccord avec ses parents, mais il en avait assez de leur arrogance. Ils se croyaient toujours détenteurs de la vérité et attendaient que leurs volontés soient respectées à la lettre, sur-le-champ, et sans discussion.

Or Istvan n'était plus un enfant ni un adolescent, et leur attitude, ce mépris total de ses opinions, lui tapait de plus en plus sur les nerfs.

— J'ai beaucoup travaillé, lors de ces déplacements, répliqua-t-il en s'efforçant de garder son calme. Il ne s'agissait pas de vacances. J'ai obtenu de nombreux soutiens pour ma fondation.

— Cela doit cesser, répéta son père.

— Qu'est-ce qui doit cesser, exactement ? demanda Istvan, n'en croyant pas ses oreilles.

— Tu ne travailleras plus pour cette fondation.

— La fondation que j'ai créée ?

Après avoir appris que Jacques, un enfant du village, avait eu une maladie rare et que ses parents avaient fini par perdre leurs emplois, parce qu'ils avaient dû s'absenter pour aller à l'hôpital. Ému par leur vain combat, Istvan avait décidé d'aider les familles traversant la même épreuve.

— Confie cela à tes assistants. Ou, mieux, laisse le personnel de la fondation s'en occuper.

Istvan resserra les mains sur les accoudoirs.

— C'est hors de question.

— Tu refuses ? demanda son père d'une voix dure.

— Ce projet me tient à cœur et je continuerai à m'en occuper personnellement, déclara Istvan en se redressant dans son fauteuil. À présent, si vous n'avez rien d'autre à…

— Si, il y a autre chose, l'interrompit le roi. Cette femme que tu as ramenée avec toi, elle doit partir.

Cette fois, c'en était trop.

— Cette femme a un prénom – Indigo. Et elle ne partira pas avant d'avoir fait mon portrait.

— Istvan, je ne sais pas ce qui t'arrive, mais ton comportement est inacceptable. Lorsque ton roi te donne un ordre, tu dois l'exécuter sans tergiverser.

— Lorsque les demandes de mon roi seront plus

raisonnables, je les prendrai en considération, répliqua Istvan du tac au tac.

Sur ce, il se leva, inclina brièvement la tête et se détourna. Puis, les épaules raides, il s'avança vers la porte à grands pas. Parce que s'il restait une seconde de plus, il craignait de prononcer des paroles qu'il regretterait ensuite. Et ce ne serait pas bon pour sa fondation. Parce que l'existence de « Nous sommes à vos côtés » dépendait du bon vouloir du roi, ce dernier détenant en effet le pouvoir de la fermer du jour au lendemain. Jamais Istvan ne prendrait un tel risque.

Enfant, il croyait tout ce qu'on lui disait – que le roi et la reine savaient toujours ce qui était le mieux pour tous, qu'ils avaient été placés à la tête du royaume par Dieu et que tout le monde devait les écouter, leur obéir, sans poser de questions.

Par conséquent, lorsque Georgios, son oncle bien-aimé avait décidé d'abdiquer, Istvan n'avait pas compris qu'il puisse renoncer à la Couronne. S'il avait été désigné par Dieu, comment pouvait-il se détourner de sa mission ?

Ensuite, il y avait eu l'attitude de son père qui, devenu le nouveau roi de Rydiania, avait banni son propre frère du royaume par décret royal. Georgios ne pourrait plus jamais revenir dans son pays natal. Et cette interdiction ne frappait pas seulement l'ancien roi mais tout le personnel qui l'avait servi durant son court règne.

Pour un enfant de six ans, c'était difficile à comprendre. Après ces événements, Istvan n'avait jamais plus porté le même regard sur la Couronne et le pouvoir. Et lorsque, en plus de le priver de la présence de son cher oncle, on lui avait interdit tout contact avec celui-ci, il s'était promis de le retrouver et d'aller le voir dès qu'il serait en âge de voyager seul.

Retrouver sa trace n'avait pas été difficile ; si bien que, à peine âgé de dix-huit ans, Istvan avait réussi à partir sans protection rapprochée et s'était rendu au Ludus Resort où vivaient son oncle et son épouse. Au début, les retrouvailles n'avaient pas été aisées. Istvan avait une foule de questions à poser à Georgios qui, de son côté, avait beaucoup de réticence à parler de son passé. Mais leur affection réciproque avait vite eu raison des barrières et réticences.

Par la suite, Istvan était resté convaincu de la nécessité de dépoussiérer les vieux usages auxquels ses parents s'accrochaient farouchement. Il croyait au changement, au progrès, aux réformes radicales. En vérité, si le roi et la reine avaient soupçonné qu'il concevait le pays non comme un royaume mais comme une démocratie, ils seraient restés au pouvoir pour l'empêcher d'accéder au trône. Istvan en était certain.

De la même manière qu'il était certain qu'Indigo ne partirait pas avant d'avoir fait son portrait. Ils avaient passé un contrat et elle tiendrait son engagement. Il ne tolérerait pas qu'elle revienne sur sa parole.

9.

Le souvenir de leur baiser l'avait tenue éveillée presque toute la nuit. Indigo s'était passé et repassé ces instants en boucle. Elle se rappelait la sensation des bras musclés l'enveloppant tandis qu'Istvan dévorait sa bouche avec passion. Qui avait fait le premier pas ? Lui, ou elle ? À moins qu'ils n'aient bougé en même temps…

Au petit matin, elle avait soudain repensé au *Cœur de rubis* et à la légende qui s'y rattachait, et s'était laissée aller à croire qu'un sort leur avait été jeté et que c'était à cause de cela qu'ils avaient cédé à leur désir. Mais à la lumière du jour, elle s'était trouvée ridicule d'avoir cru à ces bêtises. Cela ne lui ressemblait vraiment pas.

Quant aux cernes mauves soulignant ses yeux, elle avait réussi à les camoufler à peu près, heureusement.

Il était maintenant 7 h 30, et elle ferait bien de se dépêcher si elle voulait être sur place pour s'installer avant l'arrivée du prince. Ensuite, elle lui dirait quelques mots en privé pour lui expliquer qu'ils devaient absolument oublier ce baiser.

Empoignant son matériel, Indigo sortit de sa suite d'un pas déterminé. Il fallait d'abord qu'elle sache *où* elle était censée travailler. Le premier individu qu'elle croisa, et qui se présenta comme étant un assistant de Son Altesse Royale, s'empressa de la renseigner et de la conduire jusqu'à une vaste pièce meublée en tout et pour tout d'un fauteuil à oreilles installé face à des baies vitrées courant sur tout un côté de la pièce. Les murs étant en partie lambrissés de bois clair, le reste de la surface peint d'un bel ocre beige. Des chandeliers en bronze étaient fixés à intervalles réguliers, alternant avec des photos encadrées évoquant le passage des saisons.

Quel endroit magnifique..., songea Indigo en dépliant son chevalet. Si elle avait vécu au palais, elle y aurait installé son atelier.

Elle rapprocha le fauteuil des baies vitrées de façon que la lumière latérale éclaire le beau visage d'Istvan, avant de réaliser subitement qu'elle se trouvait en fait dans le jardin d'hiver. Elle ne l'avait pas reconnu tout d'abord parce qu'il avait été vidé de son mobilier et des plantes.

— Bonjour.

La voix grave et sensuelle la fit tressaillir au plus profond de son être. Indigo se redressa et se retourna, un sourire forcé aux lèvres.

— Bonjour.

— Je suis passé te prendre mais tu étais déjà partie.

— Je voulais arriver de bonne heure pour préparer la pièce – c'est superbe, comme cadre. J'espère que cela ne te dérange pas que j'aie déplacé le fauteuil, mais j'ai pensé que ce serait intéressant de profiter de la lumière naturelle.

— Pas de problème, répliqua Istvan en la rejoignant. Tu t'organises comme tu veux. Mais je peux savoir ce qui te préoccupe réellement ?

Leurs regards se croisèrent. Son cœur se mit à battre la chamade.

— Je... Je crois que nous devrions nous concentrer sur le portrait et oublier... le reste.

Il la dévisagea quelques instants en silence.

— Si je comprends bien, tu souhaites que nous fassions comme si rien ne s'était passé hier soir ?

— Oui.

Ouf, elle n'avait pas rougi.

— Tu es sûre de pouvoir résister à la tentation ? fit-il en haussant un sourcil.

Que sous-entendait-il par là ? Qu'il comptait renouveler l'expérience ? Bien sûr que non. Impossible. Il était un prince royal, et elle… une simple artiste. Impossible d'imaginer qu'elle puisse devenir… Quoi ? Sa petite amie ? N'importe quoi !

— Je peux résister sans problème, déclara-t-elle en soutenant son regard. Et toi ?

— Je ne promets rien.

Indigo plissa les yeux.

— Si tu veux que je fasse ton portrait, tu n'as pas intérêt à me perturber.

— Tu me traites de *perturbateur* ? riposta-t-il, l'air faussement indigné.

— « Il n'y a que la vérité qui blesse… », répliqua-t-elle, pince-sans-rire.

Il sourit et hocha la tête.

— Prête à te mettre au travail ?

— Pas tout à fait.

Indigo tourna les yeux vers le fauteuil.

— Comme je te l'ai dit, je préférerais te regarder travailler, te livrer à tes occupations habituelles, avant de commencer concrètement ton portrait. Si tu n'y vois pas d'inconvénient, bien sûr.

— Non, au contraire – après mon escapade au Ludus, j'ai du pain sur la planche.

— Parfait.

— Mais je te préviens : tu risques de t'ennuyer…

— Ne t'inquiète pas pour moi. Fais comme si je n'étais pas là.

— Ça, c'est impossible.

Mon Dieu, ce sourire… Serait-elle vraiment capable d'y résister ?

— Mais je ferai de mon mieux, enchaîna-t-il avec humour.

Au moment où ils sortaient du jardin d'hiver, un homme aux cheveux blancs vêtu d'un costume gris anthracite et portant un chevalet se dirigea vers eux.

Indigo regarda tour à tour les deux hommes. Ils se connaissaient. S'agissait-il du peintre choisi par la reine ? Allait-elle devoir renoncer à faire le portrait du prince avant même de l'avoir commencé ?

— Altesse.

L'homme s'inclina devant Istvan.

— Je suis chargé de faire votre portrait.

Il regarda Indigo, baissa les yeux sur son T-shirt rayé blanc et jaune, son jean, haussa légèrement les sourcils d'un air désapprobateur puis reporta son attention sur le prince.

— Je ne poserai pas aujourd'hui, dit Istvan d'un ton neutre. Mon emploi du temps est trop chargé.

Quoi ? Elle le regarda, interloquée. Il avait capitulé et plié devant la volonté de sa mère ? Mais alors, à quoi rimait cette comédie ?

Le peintre agréé par la reine fronça brièvement les sourcils avant de se ressaisir aussitôt.

— Très bien, Altesse. Je me tiens à votre disposition.

Sur ces mots, il s'inclina de nouveau devant le prince et poursuivit son chemin.

Une fois qu'ils se furent suffisamment éloignés, Indigo s'arrêta et se tourna vers Istvan.

— Que se passe-t-il ?

— J'ai omis de te préciser que je faisais faire deux portraits, finalement, dit-il, l'air un peu penaud.

— Si tu ne voulais plus de mes services, tu n'avais qu'à le dire, répliqua-t-elle en plissant le front.

— Non, ce n'est pas cela. Je souhaite toujours que tu fasses mon portrait.

Indigo croisa les bras.

— Pourquoi, puisque tu as déjà un peintre attitré ?

Il soupira et se passa la main dans les cheveux.

— Tu n'imagines pas comment sont mes parents. Quand ils veulent quelque chose, ils ne lâchent pas.

— Pourquoi me demander de travailler pour toi alors que tu sais qu'à la fin, ils choisiront l'autre portrait ? L'officiel ?

— Pas question. C'est moi qui choisirai mon portrait. Mais en attendant, ma mère se tient tranquille, tu comprends ?

Ainsi, il avait capitulé devant ses parents, songea Indigo avec amertume. Autrement dit, il ne désapprouvait pas entièrement leur choix.

Au fond, elle avait bien fait de mettre un terme à ce baiser. Parce qu'elle ne pouvait pas faire confiance à Istvan. Elle l'avait cru différent d'eux, mais il était bel et bien le fils de ses parents.

10.

Une semaine avait passé depuis son arrivée au palais et ces derniers jours, la famille royale ayant reçu les chefs d'entreprise du pays, Istvan n'avait pas été très disponible.

Mais plutôt que d'attendre qu'il soit moins occupé pour se remettre au travail, Indigo avait pris des photos de lui pour pouvoir avancer – en se promettant de supprimer ces photos dès que le portrait serait achevé. Inutile de les conserver pour les regarder en rêvant à ce qu'ils auraient pu vivre s'il n'avait pas été le prince héritier de Rydiania et elle la fille de son père…

Et ce soir, le moment tant redouté était arrivé. Le dîner avec la famille royale.

À entendre Istvan, il s'agissait d'un repas normal, alors qu'elle savait pertinemment que ce dîner n'aurait *rien* de normal.

Indigo soupira et contempla les quelques robes qu'elle avait emportées. Laquelle choisir ? Istvan lui avait dit de ne pas s'inquiéter, que l'ambiance serait décontractée, mais…

Quelqu'un frappant à la porte, elle alla ouvrir, s'attendant à le voir. Mais ce fut la jeune femme de chambre à qui elle avait déjà eu affaire qui apparut devant elle. Quel était son prénom, déjà ? Zut, impossible de se le rappeler.

— Bonjour.

La jeune femme sourit.

— Bonjour, mademoiselle. Je viens voir si vous avez besoin d'aide pour vous préparer.

— Ah…

Manifestement, elle avait eu raison de s'inquiéter.

— Entrez, reprit Indigo en s'effaçant pour laisser passer la femme de chambre.

— En quoi puis-je vous aider, mademoiselle ?

— Appelez-moi Indigo, je vous en prie. Et vous ? Excusez-moi, j'ai oublié votre prénom.

— Alice, made… Indigo.

— Eh bien, j'avoue que je ne sais pas quelle robe choisir. Le prince m'a dit qu'il s'agissait d'un repas familial, décontracté, mais j'hésite…

Elle montra à Alice les deux robes qu'elle avait sélectionnées. L'une toute simple, en coton blanc, l'autre noire, sobre et élégante, qu'elle pourrait agrémenter d'un accessoire coloré.

Alice contempla les deux robes sans dire un mot.

— Je peux vous proposer autre chose ? demanda-t-elle enfin.

Cette fois, Indigo comprit qu'elle avait *vraiment* besoin d'aide. Non qu'elle veuille impressionner la famille royale ou qu'elle se soucie de leur opinion. Mais l'avis d'Istvan commençait à compter pour elle. Et elle ne voulait pas non plus l'embarrasser ou lui attirer des ennuis.

— Oui, volontiers, répondit-elle en se demandant ce qu'Alice avait en tête.

— Je reviens tout de suite, dit celle-ci avant de s'éclipser.

Indigo remit les robes sur leurs cintres en soupirant. Elle se sentait si peu à sa place, dans ce palais où le décontracté était tout sauf décontracté… Était-il trop tard pour se défiler en prétextant un mal de tête ?

Istvan resserra son nœud de cravate, boutonna un bouton de sa veste et s'efforça de se détendre. Depuis que sa mère avait insisté pour inviter Indigo à la table familiale, il ne pouvait se débarrasser d'un mauvais pressentiment. Il avait demandé à sa mère de bien se comporter avec Indigo, mais, la connaissant, il ne pouvait s'empêcher de craindre le pire.

Il carra les épaules et quitta ses appartements en espérant qu'Indigo soit prête. Ses parents ne supportaient pas le moindre retard, bien que Cecilia soit réputée pour ses manquements à la ponctualité.

Arrivé devant la porte de la suite d'Indigo, il toqua.

— Entrez.

Istvan ouvrit la porte et contempla Indigo qui, lui tournant le dos, se battait apparemment avec la fermeture Eclair de sa robe.

Seigneur, elle était si belle avec sa chevelure remontée sur le dessus de la tête et fixée par des épingles ornées de strass. Il regarda les fines mèches bouclées ondulant sur les épaules rondes, le dos nu…

— Je crois que j'ai besoin d'aide, dit-elle sans se retourner.

Reprenant ses esprits, il traversa la pièce, s'arrêta derrière Indigo et saisit la petite languette. Mais il eut beau tirer dessus, elle resta bloquée.

— J'ai l'impression qu'un petit morceau d'étoffe est coincé dans la fermeture.

Elle se retourna d'un mouvement vif et le regarda en écarquillant les yeux.

— Je croyais que c'était Alice !

— Désolé, ce n'est que moi.

Une adorable roseur colora les pommettes d'Indigo.

— Je ne voudrais pas arriver en retard au dîner.

Elle lui tourna le dos.

— Tu penses pouvoir la débloquer ?

— Je peux toujours essayer.

Lorsque, du bout des doigts, il effleura la peau satinée, son cœur se mit à battre à un rythme sauvage. Il tira sur la languette, mais sans résultat.

Istvan contempla la nuque délicate. Comment réagirait Indigo s'il y posait les lèvres ? Il pencha la tête…

Au même instant, elle pivota sur elle-même.

— Elle est fichue ?

Quelques centimètres à peine séparaient leurs visages. Il plongea son regard dans le sien. Elle ne détourna pas les yeux. Le désir y étincelait, aussi intense que celui d'Istvan. Il baissa les yeux sur la bouche pulpeuse, le cou gracieux.

Ses mains se posèrent d'elles-mêmes sur les hanches rondes. Il pencha lentement la tête. Indigo ne bougea pas. Il reconnut les notes fraîches qui lui rappelaient l'atmosphère d'une soirée de printemps, mêlées d'un effluve vanillé et d'un autre, fruité et sensuel…

Lorsque sa bouche effleura celle d'Indigo, le petit halètement qui s'en échappa le ravit.

Toc toc.

Istvan entendit un cri étouffé. Il se redressa et s'écarta d'Indigo, le souffle court. Puis, un sourire détaché aux lèvres, il se retourna et vit Alice, la jeune femme de chambre qu'il avait choisie pour Indigo, le regarder d'un air stupéfait, les joues écarlates.

— Je suis vraiment désolée, Altesse. Je…

— Alice ! s'exclama Indigo en souriant – et en évitant de le regarder. La fermeture Eclair de ma robe est coincée et… le prince essayait de la débloquer, mais je crois que j'ai besoin de vos doigts de fée. Vous voulez bien m'aider, s'il vous plaît ?

Istvan la regarda en plissant les yeux. Alors comme ça, elle était capable de lui résister… ?

Elle ne pourrait plus nier qu'elle le désirait autant qu'il la désirait, désormais. Quant à lui, il n'avait pas l'intention d'en rester là. Ce dîner les contraignait à faire une pause, mais ensuite…

Dès que les lèvres d'Istvan avaient effleuré les siennes, Indigo s'était embrasée tout entière. Le plaisir s'était déployé partout en elle, dans les moindres cellules de son corps.

S'ils n'avaient pas été interrompus par le retour d'Alice, que se serait-il passé ?

Elle avait beau se répéter qu'elle ne pouvait pas succomber à son désir, Indigo brûlait de s'y abandonner, tout en étant consciente de l'abîme qui la séparait d'Istvan. En outre, elle savait que si elle se laissait entraîner par le courant qui la poussait vers lui, elle finirait immanquablement par souffrir – et cela, elle ne pouvait l'envisager.

Alice ayant réglé le problème de la fermeture Eclair, elle jeta un dernier coup d'œil à son reflet puis alla rejoindre Istvan qui l'attendait dans le couloir. Elle contempla le costume bleu marine, la chemise de soie blanche, s'imagina la lui arrachant pour se repaître de la vue du torse musclé à la peau hâlée…

Qu'est-ce qu'il lui prenait de divaguer ainsi ? Indigo se traita d'idiote et déglutit, la bouche soudain sèche.

— Je suis prête, dit-elle avec effort.

Un lent sourire se dessina sur la belle bouche d'Istvan.

— Ne t'inquiète pas. Il ne s'agit que d'un banal dîner de famille. Et si tu as à nouveau besoin d'aide pour ta fermeture Eclair, je suis là.

— Arrête, s'il te plaît, protesta-t-elle en rougissant.

— Je voulais seulement te proposer mes services.

— C'est gentil, mais tu m'as déjà suffisamment aidée. Et si tu continues, tout le personnel du palais va croire que nous vivons une liaison torride.

— Et alors ? Ce serait si terrible ?

— Non. Oui ! Tu me fais dire n'importe quoi ! soupira

Indigo. Au fait, si c'est un banal dîner de famille, pourquoi m'avoir envoyé Alice et ces robes somptueuses ?

— Ah, mais tu n'y es pas du tout. S'il s'agissait d'un dîner habillé, tu serais en robe de soirée et moi en smoking.

— Excuse-moi. Je n'ai pas trop suivi la mode royale, ces temps-ci.

— Alors fie-toi à moi, je vais te montrer la conduite à suivre, répliqua-t-il en lui offrant son bras.

Elle glissa la main dans le creux du coude, puis leva malgré elle les yeux vers la bouche d'Istvan. Mon Dieu, quelles merveilles il devait faire avec… Elle ne le saurait jamais, naturellement, mais cela ne l'empêcha pas de fantasmer.

— Pour cela, il faudra attendre un peu.

La belle voix grave la fit redescendre sur terre. Indigo croisa le regard d'Istvan et comprit qu'il avait lu en elle, au plus intime de ses désirs, aussi sentit-elle la chaleur lui monter aux joues. Elle aurait dû détourner les yeux, mais au lieu de cela, elle redressa les épaules et soutint le regard brûlant rivé au sien.

— Cela ne se reproduira pas.

— Tu avais dit la même chose et *cela* s'est reproduit, répliqua-t-il en l'entraînant vers le grand escalier.

— C'est toi le responsable.

— Je ne t'ai pas entendue te plaindre. Je me demande comment tu réagirais si je t'embrassais ici et maintenant.

Elle s'arrêta et dégagea son bras.

— Je t'interdis de m'embrasser.

— Ah oui ? Et si je passe outre à ton interdiction ? répartit-il, les yeux pétillants de malice.

— Si tu crois que je ne peux pas te résister parce que tu es sublime et follement séduisant, tu te trompes.

Mon Dieu, elle se serait giflée.

— J'aimerais beaucoup continuer ce très intéressant

débat, mais nous ne pouvons pas nous permettre d'arriver en retard.

— En effet, répliqua Indigo, soulagée de mettre un terme à cette conversation embarrassante.

— Prête pour le dîner décontracté ? fit Istvan en haussant un sourcil.

Au rez-de-chaussée, il se dirigea vers un long couloir qui conduisait à l'arrière du palais, découvrit bientôt Indigo tandis qu'ils s'avançaient sur le tapis rouge qui étouffait le bruit de leurs pas. Ils traversèrent une enfilade de salons, de corridors, de vestibules. Elle entrevit au passage quantité d'œuvres d'art : sculptures, tableaux anciens, bibelots…

— Tu as repéré quelque chose d'intéressant ? demanda Istvan.

— Non, je regarde, c'est tout.

Il s'arrêta devant une imposante double porte et se tourna vers Indigo.

— Tu es prête ?

Les battements de son cœur s'accélérèrent, ses mains devinrent moites, sa bouche sèche. Elle allait rencontrer le roi, l'homme qui avait banni son père.

— Oui, allons-y, dit-elle en redressant les épaules.

Istvan lui adressa un sourire rassurant puis empoigna les poignées de bronze et ouvrit les deux battants. Le cœur d'Indigo lui martelait les côtes, l'empêchait de respirer. Elle avait l'impression d'entrer dans la cage aux lions.

Les jambes raides, elle passa devant Istvan et s'avança dans la pièce, certaine qu'elle aurait dû au contraire le suivre. Mais en parfait gentleman, il la laissa faire. Peut-être n'aurait-il pas dû, songea-t-elle en voyant tous les regards se tourner dans sa direction.

Elle s'enfonça les ongles dans les paumes en se répétant *qu'elle pouvait le faire*, comme un mantra.

Le roi ressemblait à Istvan, en plus âgé. Il avait les tempes grises et une courte barbe poivre et sel. Il ne souriait pas. Il l'observait en silence tandis qu'elle avait du mal à supporter la froideur du regard dur dardé sur elle. À quoi pensait-il ? Impossible qu'il l'ait reconnue. Elle n'était qu'une toute petite fille au moment où sa famille avait quitté Rydiania.

— Je vous présente Indigo, Père. Elle est peintre et a énormément de talent, et je l'ai invitée au palais pour faire mon portrait.

Le regard du roi resta posé sur elle mais quand il parla, il s'adressa à son fils.

— Je ne suis pas habitué à te voir inviter un membre du personnel à notre table.

— Indigo ne fait pas partie du personnel du palais. Elle est peintre et aussi mon amie.

Les mâchoires serrées, Indigo soutenait le regard du roi. Si ce travail ne lui avait pas permis d'aider sa mère, elle ne se serait pas privée de dire à ce monarque arrogant et cruel ce qu'elle pensait de lui.

Mais s'il s'attendait à ce qu'elle baisse les yeux ou s'incline devant lui, il se leurrait.

— Soyez la bienvenue, dit-il alors d'une voix glaciale.

— Majesté, répliqua Indigo d'un ton neutre en guise de salut et de remerciement.

— Viens t'asseoir, intervint Istvan.

Il y avait deux chaises inoccupées. Mais pas côte à côte. Au contraire, elles se trouvaient à chaque extrémité de la longue table rectangulaire. L'une à côté du roi, l'autre à côté de la reine.

Indigo gémit intérieurement. Pourquoi avait-elle accepté de participer à ce fichu dîner ?

— Elle peut s'asseoir ici, déclara la reine.

Génial… Quant aux trois princesses, elles observaient la scène en silence, le visage dénué de toute expression.

Le ventre noué, elle s'assit à la gauche de la reine tandis

qu'Istvan s'installait à la gauche du roi. Elle pourrait toujours risquer un œil dans sa direction de temps en temps.

Le repas se déroula à une lenteur impressionnante, l'arrivée de chaque nouveau plat dépendant de l'instant où le roi avait terminé le précédent – que les autres convives aient eu le temps de manger le contenu de leur assiette ou non.

Quant à la conversation, elle était plus que limitée et Indigo se demanda si cette réserve était due à sa présence ou si elle était habituelle.

— Pouvons-nous savoir comment vous avez réussi à vous présenter à mon fils ? lança soudain la reine sans la regarder.

— Je ne me suis pas *présentée* à lui, répliqua-t-elle, estomaquée. Il est venu me voir sous mon parasol et m'a demandé de faire son portrait.

Indigo expliqua rapidement pourquoi elle avait été embauchée au Ludus. La reine l'écoutait, les princesses aussi, tandis qu'Istvan parlait avec son père.

— Mon fils vous a demandé de le représenter sous la forme d'un dessin humoristique ? demanda la reine d'un ton choqué.

— Non, les portraits rapides sont plutôt des caricatures. Des dessins exagérant les caractéristiques d'un visage.

— Je ne comprends pas qu'il ait pu vous demander de faire son portrait officiel. Ce travail est d'une importance capitale. Le prince héritier ne peut en aucun cas être représenté sous la forme d'une *caricature*. Heureusement que j'avais pris la précaution de confier la réalisation de ce portrait à notre portraitiste attitré.

L'amour propre d'Indigo en prit un coup, mais la reine n'avait pas vu ses travaux, après tout.

— J'ai commencé à dessiner très tôt, répliqua-t-elle avec calme. J'ai grandi un pinceau à la main, en quelque sorte. Mes talents artistiques ne se bornent pas à la caricature.

— Votre famille est établie en Grèce, n'est-ce pas ? demanda la reine, ignorant ses paroles.

— Ma mère vit à Athènes, en effet.

— Vous n'avez qu'elle ?

Indigo hocha la tête.

— Vous devez être impatiente de rentrer, alors.

— Très impatiente, Majesté. J'ai… un projet important.

— Je comprends. Je veillerai à ce que vous puissiez rentrer en Grèce par le premier vol demain matin.

Cette fois, Indigo eut du mal à retenir la réplique bien sentie qui lui venait aux lèvres. Ce n'était pas la première fois qu'elle avait affaire à ce genre de personne. Et elle ne se laisserait pas manipuler comme un pion. Pas question.

— Merci, mais je n'ai pas encore terminé le travail que m'a confié votre fils.

Elle reposa sa serviette sur la table.

— Si vous voulez bien m'excuser… J'ai des coups de fil à passer.

Quand elle se leva, les princesses laissèrent échapper un halètement. La tête haute, Indigo se dirigea vers la double porte en contournant le personnel de service qui apportait le plat principal. Elle n'osa pas regarder du côté d'Istvan, qui devait lui en vouloir terriblement. Alors qu'en fait, il aurait dû être content qu'elle n'ait pas dit le fond de sa pensée à la reine.

Elle était presque arrivée au pied du grand escalier lorsqu'elle s'entendit appeler par son prénom. Elle ne ralentit pas. Elle ne voulait pas parler avec lui maintenant. Mais il la rattrapa, évidemment, et lui posa la main sur le bras.

— Indi… Attends, s'il te plaît.

— Tu veux que je m'excuse, OK, dit-elle en se tournant vers lui. Mais franchement… Ta mère… Elle est…

— Je sais. Et c'est moi qui te dois des excuses. Je pensais que mes parents se conduiraient plus décemment.

Il se frotta la nuque.

— Mon intention n'était pas de te placer dans une situation aussi inconfortable. J'aimerais me faire pardonner…

— Pas maintenant, Istvan, l'interrompit Indigo. Je suis fatiguée et je préfère regagner ma suite.

— Tu n'as presque rien mangé ! protesta-t-il.

— Je n'ai pas faim. Bonne nuit.

Lorsqu'elle gravit les marches, il la suivit du regard mais ne tenta pas de la retenir. Tant mieux. Elle avait besoin d'être seule et d'entendre sa mère pour se rappeler *pourquoi* elle se trouvait dans ce palais, alors qu'elle ne souhaitait qu'une chose : s'en aller.

11.

Les rendez-vous de la matinée avaient été productifs, il commençait à rattraper son retard, mais Istvan ne pouvait s'empêcher de s'inquiéter pour Indigo.

Depuis qu'elle avait découvert qu'il faisait faire deux portraits, elle était étrangement silencieuse et le beau sourire lumineux avait disparu. Sans parler du dîner calamiteux de la veille qui n'avait rien arrangé.

Il ne savait jamais vraiment où il en était avec elle, finalement. Tout allait bien, ils riaient et bavardaient ensemble, et l'instant d'après, elle le regardait comme s'il était un ennemi.

Au moment où il achevait de revoir le planning du mois avec Jozsef, il la vit étouffer un bâillement. Pour la deuxième fois en cinq minutes.

— Désolé que cela ait pris autant de temps.

— Oh ! pas de problème. J'ai bien travaillé.

Elle n'avait pas cessé de dessiner durant ses rendez-vous et Istvan était curieux de voir le résultat.

— Je peux regarder ?

— Non, c'est secret, répliqua-t-elle en serrant son carnet contre sa poitrine. Personne n'a le droit de voir un travail en cours.

— Mais ce n'est pas encore le portrait.

— C'est le travail préliminaire. Tu vas devoir patienter.

La présence d'Indigo l'avait distrait. Istvan s'efforçait de refréner l'élan qui le poussait vers elle, mais il avait hâte de la voir sourire, de l'entendre rire, de sentir ses lèvres sous les siennes.

Choqué par le tour que prenaient ses pensées, il s'interdit de continuer sur cette voie. Personne ne l'avait jamais détourné de ses objectifs. Et pourtant, cette femme avait réussi à ébranler les murs qu'il avait dû dresser autour de lui pour se protéger. Elle avait réussi à s'immiscer dans sa vie, réalisa-t-il avec stupeur.

Il divaguait. Ce qu'il ne pouvait se permettre. Son statut de prince héritier lui interdisait tout investissement sentimental. Quand il fréquenterait sérieusement une femme, ce serait la bonne. Combien de fois ses parents le lui avaient-ils répété ?

Sa future reine aurait le pedigree approprié. Elle posséderait toutes les qualités requises : elle serait cultivée, belle et soumise à l'autorité de la Couronne.

Or Indigo avait beau être la créature la plus ravissante qu'il eût jamais rencontrée, elle était tout sauf soumise. Elle avait des idées bien à elle, ne craignait pas de les exprimer – et choisissait le moment de le faire.

Assez. Il fallait passer à autre chose. Aller déjeuner, peut-être ? Istvan pensait retourner au village et emmener Indigo à la galerie comme il le lui avait promis. C'était le meilleur moyen de voir le sourire lumineux éclairer les beaux yeux aux reflets mordorés, songea-t-il en empoignant son téléphone pour envoyer un SMS à son assistant.

Quelques instants plus tard, il reçut la réponse qu'il attendait. Parfait. Il se leva, contourna son bureau et s'arrêta devant Indigo.

— J'ai un rendez-vous au village. Tu m'accompagnes ?

Le beau visage aux traits délicats s'éclaira enfin.

— Avec plaisir. Cela te dérangerait que j'aille faire un tour à la galerie ?

— Pas du tout. En fait, je pensais y aller aussi, dit-il en souriant.

— J'ai le temps de passer prendre mon sac ?

— Bien sûr. Je t'attends dehors.

Indigo était ravie de retourner là-bas. Elle adorait ce village. Elle s'y sentait… chez elle.

Une pensée lui traversa soudain l'esprit. Et si c'était le village où elle était née ? Où son père et sa mère étaient nés ?

Installée à côté d'Istvan dans le cabriolet qui arrivait aux abords des premières maisons, elle ferma les yeux. Elle avait vécu trop peu de temps et elle avait été trop jeune à l'époque pour s'en souvenir, et pourtant elle avait eu comme des réminiscences le soir où ils étaient allés dîner là-bas.

Elle se concentra et essaya de se rappeler les histoires que lui racontait son père. Il parlait souvent d'une fontaine, d'une petite place carrée…

— J'aime beaucoup ce village, dit-elle en rouvrant les yeux. Il y a des places, j'imagine ?

Istvan coupa le contact et se tourna vers elle.

— Il y en a une pas très loin d'ici.

— Avec une fontaine ?

— En effet. Tu veux la voir ?

— Oui. J'aime beaucoup les fontaines.

Ils descendirent de voiture et arrivèrent bientôt sur ladite place, entourée de chaque côté de maisons à un étage.

Indigo contempla les murs colorés, les petits balcons.

— Les murs ont toujours été de cette couleur ? demanda-t-elle d'un ton neutre.

— Je crois. Je les ai toujours vus ainsi, en tout cas.

Lentement, elle se rapprocha de la fontaine et regarda le café, les tables et les chaises installées sur le trottoir, l'épicerie d'où sortait une ménagère chargée de deux gros paniers, la boutique de fleurs et ses seaux de bouquets multicolores.

Son regard s'arrêta sur une façade bleu indigo. Elle leva les yeux vers le petit balcon blanc, les fenêtres qui l'encadraient…

C'était l'ancienne maison de ses parents, la maison où elle avait vu le jour.

Submergée par une émotion d'une intensité inouïe, Indigo battit des paupières pour tâcher de se ressaisir. Istvan ne devait s'apercevoir de rien. Il ne devait pas savoir ce que ce pays, cette petite place signifiaient pour elle.

— Tu m'écoutes, Indi ?

Elle battit encore une fois des cils et se tourna vers lui.

— Qu'est-ce que tu disais ?

— Je te demandais si tu voulais déjeuner ici.

— Volontiers.

Ils traversèrent la place en direction du café, puis s'installèrent à une petite table ronde. Indigo garda le silence, de crainte de laisser transparaître son émotion dans sa voix. Sa maison natale se trouvait là, à deux pas, et l'homme le plus sexy était assis en face d'elle.

Quand il plongea soudain le regard dans le sien, elle eut l'impression qu'il avait tout deviné. Ce qui était absurde.

— Je suis très contente d'être ici.

— J'y viens aussi souvent que je le peux. J'apprends beaucoup au contact des villageois.

— Quoi, par exemple ?

— Que les enfants ont besoin d'activités parascolaires, entre autres.

— Et tu comptes t'attaquer à ce genre de problèmes ?

— Oui, dit-il en jouant avec un bâtonnet à cocktail posé sur la table. J'ai déjà créé une fondation, « Nous sommes à vos côtés », qui a pour vocation de proposer des hébergements gratuits aux parents qui ont un enfant hospitalisé et souhaitent passer le plus de temps possible auprès de lui. La fondation leur permet également de toucher une allocation qui compense les pertes de salaire entraînées par leurs absences.

Indigo le dévisagea un instant en silence, impressionnée et admiratrice. Décidément, il n'en finissait pas de la surprendre…

— Et qu'en pensent tes parents ?

— Pas beaucoup de bien. À leurs yeux, les priorités d'un prince héritier sont ailleurs. Nos points de vue divergent souvent, hélas – ils attendent de moi que je me contente de faire ce qu'ils ont toujours fait. Dans tous les domaines.

— Et toi, que souhaites-tu faire ?

— Changer les choses. Sinon la monarchie ne tiendra pas longtemps. Et, plus important encore, parce que Rydiania a un besoin *vital* de changement. Si nous n'investissons pas dans la technologie, nous serons toujours à la traîne par rapport aux autres pays européens.

— Franchement, je me demande où tu trouves le temps de diriger une fondation qui aide les enfants malades et leurs parents ! s'exclama Indigo.

— L'idée m'est venue lorsque j'ai appris une chose qui m'a profondément choqué. Un enfant de trois ans était tombé gravement malade. Comme il devait être hospitalisé en ville et que ses parents avaient tenu à l'accompagner, ils ont été licenciés. Je ne l'ai su qu'après, quand ils avaient déjà perdu leurs emplois et leur maison.

— Mon Dieu, c'est affreux…

— Comme tu dis. Grâce à la fondation, les parents obligés de s'absenter pour s'occuper d'un enfant malade ont droit à une garantie d'emploi. Mais mon père refuse de légiférer sur ces questions, parce que cela entraînerait des changements et qu'il veut que rien ne change. Quand je serai roi, cela fera partie de mes priorités, que mes parents m'approuvent ou non. Je ressemble sans doute plus à mon oncle qu'ils ne le pensent.

Le serveur revenant avec leurs plats, Indigo ne put poser la question qui lui brûlait les lèvres. Istvan venait de faire allusion à l'oncle qui avait abdiqué avant d'être banni du royaume. L'oncle dont son propre père avait été le secrétaire particulier.

S'il ne pouvait gouverner comme il l'entendait, Istvan abdiquerait-il à son tour ?

Elle chassa cette pensée saugrenue. S'il avait envisagé de renoncer au pouvoir, il ne travaillerait pas à des projets qui, de toute évidence, lui tenaient à cœur.

Cependant, quelque chose lui disait que, si Istvan avait été en âge d'intervenir à cette époque-là, l'oncle en question n'aurait pas été banni du royaume. Ni lui ni ceux qui le servaient loyalement et leurs familles.

Avant de se rendre à la galerie, Istvan s'arrêta à la banque pour discuter d'un point concernant le financement de sa fondation, pendant qu'Indigo en profitait pour aller faire un tour à la librairie.

La question ayant été réglée rapidement, il sortit de la banque et trouva Indigo assise un peu plus loin sur un banc. Elle lisait, et, captivée par sa lecture, elle ne l'entendit pas approcher.

Il s'éclaircit la voix pour signaler sa présence, mais quand elle leva les yeux vers lui, elle avait l'air… ailleurs.

— Tu as trouvé quelque chose d'intéressant ?

— Oui, répondit-elle brièvement avant de se lever.

Elle tourna le livre vers lui pour qu'il puisse en voir le titre.

— Je me renseigne sur l'histoire de ce village – c'est passionnant.

— Il te plaît vraiment, hein ?

— Tu veux dire le village ? Je l'adore.

— Moi aussi.

Jamais il ne s'était senti aussi proche de quelqu'un. Même quand Indigo était fâchée contre lui.

— On va à la galerie, maintenant ?

Elle le gratifia d'un sourire si rayonnant qu'il en resta un instant sans voix.

— Oui, c'est à deux pas, dit-il en reprenant ses esprits.

Comment allait-il faire quand elle serait partie ? Il ne voulait pas qu'elle s'en aille, s'avoua Istvan en s'arrêtant bientôt devant la galerie.

Indigo s'immobilisa à côté de lui, une expression désolée sur ses traits fins.

— Zut, c'est fermé aujourd'hui…

— Pas pour nous ! répliqua-t-il en souriant.

— Tu as réservé la galerie rien que pour nous ? demanda-t-elle, incrédule.

— Oui, répondit-il d'un ton détaché.

— Merci, murmura-t-elle en baissant les yeux.

Lorsqu'il poussa la porte, elle entra lentement dans la salle dont les murs blancs tranchaient avec le sol gris ardoise. De grandes toiles étaient accrochées sur les murs tandis que les petites pièces étaient exposées dans des vitrines judicieusement éclairées. Il s'agissait de bijoux, de sculptures fragiles, en métal ou en bois.

Istvan aimait venir à la galerie. Pour admirer les œuvres et aussi pour se détendre. Il suivit Indigo à distance, la laissant découvrir les lieux à son rythme. Elle prenait le temps de regarder chaque toile, chacun des objets exposés dans les vitrines. Lorsqu'elle se retournait vers lui pour faire un commentaire, une remarque, il l'écoutait attentivement. Grâce à elle, il voyait l'art sous un jour nouveau.

Tout à coup, elle s'arrêta net.

— Ça alors…, murmura-t-elle en reconnaissant son dessin.

— J'ai voulu en faire profiter les autres, dit-il en souriant.

— Le portrait que j'ai fait sur la plage… Je croyais que tu voulais le vendre aux enchères ?

— Le deuxième, oui. Celui-ci, c'est le premier que tu as fait. J'ai décidé de le prêter à la galerie.

— Ah, il n'est pas à vendre, alors ?

— Certainement pas !

— Tu viens souvent ici, j'ai l'impression.

— Aussi souvent que je le peux, disons. Je connais les propriétaires depuis des années, et c'est d'ailleurs grâce à eux que j'ai fondé « Nous sommes à vos côtés ».

— Je ne comprends pas.

— C'était leur fils, Jacques, l'enfant de trois ans dont je t'ai parlé tout à l'heure. Ses parents ont perdu leurs emplois parce qu'ils s'occupaient de lui. J'avais eu l'occasion de les rencontrer avant que Jacques tombe malade et j'ai voulu les aider. Quand ils m'ont dit qu'ils souhaitaient créer leur propre entreprise, je les ai soutenus à fond.

— Et tu as ouvert cette galerie d'art pour eux.

— Pas du tout ! Je n'aurais pas su comment m'y prendre. Je me suis contenté de leur avancer l'argent dont ils avaient besoin pour réaliser leur rêve. Ils m'ont remboursé depuis. Et maintenant, ma fondation fait la même chose : nous prêtons de l'argent à d'autres familles en difficulté.

— C'est fabuleux, ce que tu fais pour aider tous ces gens.

— Mes parents ne partagent pas ton avis. Ils estiment que je devrais me concentrer uniquement sur mes devoirs royaux et me préparer à mon futur rôle de souverain.

— Mais c'est exactement ce que tu fais en te souciant des citoyens de ton pays. C'est ça, le rôle d'un bon roi, non ?

Istvan haussa les épaules.

— Lorsque mon oncle a abdiqué, le pays a traversé une période de troubles assez violents. Il y a eu une révolte, et même un complot visant à renverser le trône. J'étais très jeune, à l'époque, mais je me rappelle la peur qui a envahi le palais. Je n'avais jamais vu mes parents aussi terrifiés. À un moment donné, nous avons dû quitter le palais de nuit pour aller nous cacher à la campagne. Après cet épisode, ma mère a changé. Elle est devenue obsédée par la nécessité de protéger la Couronne.

— Je l'ignorais.

— Comment aurais-tu pu le savoir ?

Lui cachait-elle quelque chose ? se demanda à nouveau Istvan en la voyant rester silencieuse.

— Comment aurais-tu pu le savoir ? répéta-t-il.

— Je n'ai rien lu à ce sujet dans le livre que j'ai acheté.

— Il y a forcément quelque chose là-dessus, tu n'en es sans doute pas encore…

— Ah, vous êtes là, Altesse ! J'espérais vous choper avant que vous ne partiez.

— Je suis content de vous voir, Esme, dit-il en s'avançant vers celle-ci pour l'embrasser sur les deux joues. Comment va Georges ?

— Bien. Il est à la maison, aujourd'hui. Il n'en finit pas, avec ses aménagements… Il me dit toujours qu'il a presque terminé, et il trouve autre chose à refaire !

Elle sourit.

— Du moment qu'il est heureux, je peux bien supporter le chantier. Enfin, il faudra quand même qu'il s'arrête un jour !

— Et Jacques ?

Le sourire d'Esme s'élargit.

— Son dernier bilan est des plus satisfaisants. Il grandit si vite ! Il sera déçu de ne pas vous avoir vu, mais il aide son papa.

Elle se tourna vers Indigo.

— Vous me présentez votre amie ?

— Avec plaisir. Indigo Castellanos…

— Ah, c'est vous, Indigo ! Je suis très heureuse de vous rencontrer.

Lorsque Indigo lui tendit la main en souriant, Esme ignora son geste et la prit dans ses bras avant de l'embrasser sur les deux joues.

— Le portrait que vous avez fait d'Istvan est fort réussi. Vous ne pouvez pas imaginer le nombre de personnes qui ont voulu l'acheter !

— Merci, répliqua Indigo en rosissant.

— Son travail m'a tellement impressionné que je l'ai embauchée pour faire mon portrait officiel, dit Istvan.

— C'est un grand honneur, fit Esme en les regardant tour à tour. Vous formez un beau couple.

— Oh ! mais nous ne sommes pas ensemble, protesta Indigo.

— Ah bon ? répliqua Esme, un peu confuse.

— Nous sommes amis, intervint Istvan.

Il ne put s'empêcher de songer au *Cœur de rubis*. Était-il possible qu'il y ait du vrai dans cette légende ? Indigo et lui étaient-ils destinés l'un à l'autre ? Il repoussa cette pensée aussi vite qu'elle avait surgi. Au même instant, son smartphone vibra dans sa poche, comme pour le rappeler à l'ordre.

— Excusez-moi, dit-il aux deux femmes en sortant l'appareil.

Jozsef lui rappelait un rendez-vous important.

— Je dois être au palais à 15 heures. Je suis désolé, mais nous allons devoir partir.

— Pas de problème, dit Indigo.

Elle se tourna vers Esme.

— Merci d'avoir ouvert la galerie pour nous, Esme. J'ai vraiment apprécié cette visite et les œuvres que vous exposez.

— J'espère que vous reviendrez, et que vous nous apporterez quelques-uns de vos travaux. Je serais ravie de les exposer.

Sur ces mots, elle prit de nouveau Indigo dans ses bras.

Un peu plus tard, alors qu'ils marchaient côte à côte sur le trottoir, Istvan prit la direction du palais au lieu de s'avancer vers l'endroit où il avait garé le cabriolet.

— On rentre à pied ? demanda Indigo.

— Cela te dérange ?

— Non. Mais… je croyais que tu étais pressé.

— Pourquoi gâcher un aussi bel après-midi ? Nous avons le temps. Et si j'arrive un peu en retard, ils m'attendront.

— Oui. Tu es le prince héritier, après tout, répliqua-t-elle sans l'ombre d'un sourire.

Leur belle harmonie s'était envolée d'un coup. Indigo paraissait de nouveau fâchée.

— Arrêtons-nous ici, dit Istvan une fois qu'ils furent sortis du village.

— Et ton rendez-vous ? demanda-t-elle en tournant les yeux vers lui. Tu vas *vraiment* être en retard…

— Ce n'est pas grave.

— Tu es sûr ? fit-elle, l'air inquiet.

Istvan lui prit le coude et l'entraîna vers un petit chemin qui s'enfonçait dans la forêt, puis il s'assit sur une grosse souche d'arbre qui se trouvait là et invita Indigo à s'asseoir à côté de lui.

— Dis-moi ce qu'il y a.

— Rien, fit-elle avec un haussement d'épaule.

— Quelque chose te tracasse, je le vois bien.

— Je… Je ne savais pas que tu avais décidé de faire appel au peintre du palais.

— Je t'ai expliqué que j'avais accepté pour calmer ma mère. Lorsque le moment viendra de choisir le portrait officiel, je choisirai le tien.

— Comment peux-tu dire cela avant qu'il soit terminé ?

— J'ai eu un aperçu de ton travail grâce aux photos que tu m'as montrées et cela me suffit. Le regard que tu portes sur les choses, les gens, me convient. Et c'est de *ton* regard que j'ai besoin, pas de celui du peintre choisi par ma mère…

Il s'interrompit et tendit l'oreille.

— Tu as entendu ?

— Entendu quoi ?

— Chut… Écoute.

Se levant, Istvan regarda autour de lui. Avait-il rêvé, ou avait-il bien entendu une plainte ?

Indigo se leva à son tour et scruta elle aussi les environs.

Le son retentit à nouveau.

— Tu as bien entendu une plainte ? demanda Istvan.

— Oui. Qu'est-ce que c'est, d'après toi ? Il y a des animaux sauvages, par ici ?

— Oui, mais ne t'inquiète pas. Si c'est un animal, il est blessé.

La plainte se fit à nouveau entendre, deux fois de suite.

— Je n'arrive pas à comprendre d'où ça vient, murmura Indigo.

Mais Istvan se dirigeait déjà vers un énorme buisson qui se dressait à côté d'un arbre. La plainte venait de là, il en était certain.

Le rejoignant, Indigo commença à faire lentement le tour du buisson tandis qu'il l'imitait en partant en sens inverse.

— Istvan, viens voir…

Quand il arriva à son niveau, elle était à quatre pattes et braquait la torche de son smartphone dans un gros trou.

— Qu'est-ce que c'est ?

— Un chiot. Il est coincé tout au fond. Chaque fois qu'il essaie de grimper, il retombe. Il faut qu'on l'aide.

Istvan s'agenouilla à côté d'elle et, se penchant en avant, il glissa la main dans le trou, mais sans pouvoir atteindre le chiot qui continuait à geindre.

Il s'allongea à plat ventre et, doucement, enfonça le bras, le plus profondément possible… jusqu'à ce que ses doigts effleurent un pelage tout doux. Il se rapprocha le plus possible pour descendre encore sa main, juste un peu, afin de pouvoir saisir le chiot qui ne geignait plus…

Délicatement, Istvan referma les doigts autour du petit corps tiède et, très lentement, entreprit de le remonter.

Lorsque le chiot noir et blanc se retrouva à la surface, qu'il cligna des yeux et le regarda tristement, Istvan lui sourit tandis qu'Indigo lui caressait le dos.

— Tout va bien, petit chien, murmura-t-elle. Tu es en sécurité, maintenant.

Elle leva les yeux vers Istvan.

— Qu'allons-nous faire de lui ?

— On l'emmène. Il a besoin de boire, de manger – et de prendre un bon bain.

— Tu veux l'emmener au palais ?

— Pourquoi pas ? Allons-y. Je demanderai à un assistant de signaler l'existence de ce trou – il doit être comblé avant qu'un autre animal ne tombe dedans. Et il faudra également enquêter pour savoir à qui appartient ce chiot afin de pouvoir le restituer à son propriétaire.

Istvan était si soulagé d'avoir sauvé cette petite bête qu'il en aurait presque oublié la conversation restée en suspens.

— Tout va bien entre nous ? demanda-t-il tandis qu'ils marchaient sur le bas-côté de la route.

— Oui, tout va bien.

— Tu es sûre ?

Quand il tourna la tête vers elle, Indigo fit de même et lui sourit.

— Certaine.

Un soulagement immense l'envahit. Un problème de résolu. Et un nouveau à régler. Mais lorsque Istvan baissa les yeux sur le chiot blotti contre sa poitrine, il s'aperçut que le petit animal ne bougeait plus du tout.

Pourvu qu'ils ne soient pas arrivés trop tard…

12.

Istvan se dirigea droit vers l'entrée principale du palais. Pas question de perdre du temps à contourner l'imposant édifice comme l'exigeait le protocole.

— Tu as déjà eu un animal domestique ? demanda Indigo tandis qu'ils traversaient le grand hall.

— Non. Mais je suis sûr que je saurai me débrouiller. Et puis, tu pourrais peut-être m'aider ?

— J'ai eu un chien, dit-elle en hochant de tête. Il s'appelait Charlie. C'était un grand chien très affectueux.

Rassuré par cette information – parce que au fond, il n'était pas si sûr de savoir *se débrouiller* –, Istvan grimpa les marches quatre à quatre avant de s'arrêter pour attendre Indigo qui avait du mal à le suivre.

Ils ne croisèrent personne en chemin, Dieu merci. Aussitôt la porte du salon refermée, il chercha du regard un ustensile susceptible de servir de bol et repéra une coupe en cristal.

— Ça devrait aller, non ? fit-il en la tendant à Indigo.

— Mais c'est un objet ancien ! Elle doit valoir une fortune !

— C'est un bol comme un autre, décréta Istvan. Tu peux prendre de l'eau dans la salle de bains.

Quelques instants après, elle revint avec le « bol » rempli et le posa sur le sol en même temps que lui installait le chiot à côté. Voyant que le petit animal ne réagissait pas, Indigo plongea un doigt dans l'eau et lui tamponna doucement le museau. Il sortit sa petite langue rose et se lécha le museau. Elle recommença et bientôt, le chiot but à même le bol, en envoyant de l'eau partout autour de lui.

Suivant les instructions d'Indigo, Istvan demanda à un assistant de lui faire parvenir du shampoing pour bébé et tous les accessoires dont pouvait avoir besoin un chiot.

Dix minutes plus tard, on frappa à la porte. Quoi ? Déjà ?

— Entrez.

La porte s'ouvrit sur… Gisella qui s'avança dans le salon, aperçut le chiot et s'immobilisa en écarquillant les yeux.

— C'est vrai, alors…

— Si tu fais allusion à lui, dit-il en désignant le petit animal, oui, j'ai un chien. Ou un chiot, plutôt.

— Tu sais que Mère ne sera pas d'accord, répliqua sa sœur en croisant les bras.

— Oui, je sais.

Cela ne changerait rien. Il ne renoncerait pas à son petit protégé avant d'avoir retrouvé son ou sa propriétaire.

— Que comptes-tu faire ?

— Le garder.

Gisella, qui ne dérogeait jamais à aucune règle, fronça les sourcils.

— Pourquoi faut-il toujours que tu sèmes la pagaille ?

— Tu crois vraiment que cette petite bête va semer la *pagaille* dans le palais ? riposta Istvan, abasourdi.

— Cela ne te suffit pas d'être le prince héritier ? Tu en veux toujours plus ! Tu comptes aller jusqu'où, dis-moi ?

Sur ces paroles, elle fit volte-face et sortit de la pièce à l'instant où ses deux autres sœurs arrivaient.

La nouvelle avait déjà fait le tour du palais…

Ignorant totalement leur frère, Beatrix et Cecilia se précipitèrent vers le chiot, s'accroupirent devant lui et se mirent à cajoler le petit animal qui remua la queue, manifestement ravi d'être l'objet de tant d'attentions.

— Je peux le prendre ? demanda Cecilia d'un ton suppliant.

— Non, il est trop sale.

— Je m'en fiche, répliqua-t-elle en soulevant le chiot avec précaution.

— Fais attention, dit Istvan.

— Évidemment ! fit Cecilia en soupirant.

— Comment vas-tu l'appeler ? demanda Beatrix.

Il regarda son petit protégé.

— Je ne sais pas. Nous n'en avons pas encore parlé.

— Nous ? répéta Cecilia, tout émoustillée.

— Oui, nous l'avons trouvé ensemble, Indigo et moi.

— Vous vous promeniez tous les deux ? demanda Beatrix sans dissimuler sa curiosité.

Ses sœurs s'attendaient manifestement à ce qu'il leur confie une grande histoire d'amour.

— Il ne s'agit pas de cela, dit-il d'un ton neutre.

— Ah non ? fit Cecilia. Nous avons bien remarqué la façon dont tu la regardes.

— Surtout Mère et Père, renchérit Beatrix. Ils sont très inquiets.

— Le bain est prêt ! annonça Indigo en sortant de la salle de bains. Oh ! tu as de la visite. Bonjour.

Ses sœurs la saluèrent poliment, mais Istvan préféra éviter tout risque de nouveau malentendu.

— Elles allaient partir.

Il regarda ses sœurs en haussant les sourcils.

— N'est-ce pas ?

Sans dire un mot, Cecilia lui tendit le chiot et sortit de la pièce, suivie de Beatrix.

Et lorsqu'on frappa de nouveau à la porte, c'était cette fois un membre du personnel qui apportait le shampoing demandé.

Le lendemain soir, Indigo était installée à l'avant, non pas du cabriolet mais du luxueux 4x4 d'Istvan, avec Duc sur ses genoux.

Leur protégé avait sans doute déjà un nom, mais personne ne l'ayant réclamé pour l'instant, ils avaient décidé de lui en choisir un en attendant qu'il soit récupéré par son propriétaire. Duc, donc, se portait comme un charme. Le vétérinaire du village avait déclaré qu'il était en excellente santé et avait été surpris par sa vitalité. Non seulement le chiot débordait d'énergie, en effet, mais il avait par ailleurs tendance à mâchouiller toutes sortes de choses, avec une préférence marquée pour les chaussures d'Istvan.

Lors de la séance de pose qui avait eu lieu plus tôt dans la journée, Duc s'était endormi sur les genoux d'Istvan, au grand dam du peintre du palais. Alors qu'Indigo ne perdait rien de l'expression attendrissante qui révélait un nouvel aspect de la personnalité d'Istvan.

Et maintenant, ils traversaient le village sans s'arrêter, et Istvan refusait toujours de lui dire où il l'emmenait.

Indigo le regarda à la dérobée et remarqua la souplesse des longs doigts refermés sur le volant. Lentement, elle laissa remonter son regard sur le bras musclé, la puissante épaule… Elle aurait tant aimé se retrouver à nouveau prisonnière de ces bras vigoureux, sentir la bouche ferme et douce caresser la sienne…

Assez divagué. Résolue à oublier ces fantasmes aussi incongrus que dangereux, elle se redressa sur son siège et se concentra sur le coucher de soleil.

— Que c'est beau, ces orangés, ces roses, ces pourpres violacés, j'aimerais avoir mes peintures et mes pinceaux pour les reproduire sur la toile.

— Pas ce soir. J'ai prévu autre chose.

— Tu m'emmènes en ville ?

— Peut-être. Ça te plairait ?

— On va en ville ! s'exclama Indigo, ravie. Et où allons-nous dîner ?

— Tu verras, c'est une surprise.

— Au village, tu te passes de gardes du corps, mais pas quand tu vas en ville, si je comprends bien ?

Elle avait en effet remarqué qu'un véhicule noir à vitres teintées les suivait depuis qu'ils avaient quitté le palais.

— Je ne me déplace jamais sans protection. Au village, ils sont plus discrets, c'est tout. Mais en ville, je suis accompagné en permanence de gardes rapprochés.

— Ça doit être pénible. Je crois que j'aurais beaucoup de mal à supporter d'être surveillée tout le temps.

— Tu n'imagines pas tout ce à quoi on peut s'habituer, répliqua Istvan avec un haussement d'épaule. Mais là où je t'emmène, nous serons tranquilles.

— Nous pourrons prendre Duc avec nous, j'espère ?

— Bien sûr, dit-il en souriant.

Pourvu que sa robe soit appropriée. Indigo l'avait choisie parmi la sélection apportée par Alice. Cette fois, elle avait jeté son dévolu sur une robe courte en dentelle bleu nuit, sans manches et à fines bretelles, et dont l'étoffe lui moulait les hanches et la taille. Alice ayant également apporté un assortiment de chaussures, elle avait facilement trouvé une paire d'escarpins à hauts talons allant parfaitement avec la robe.

— Mais oui, tu es superbe.

Décidément, il avait le don de la deviner...

— Nous sommes presque arrivés, ajouta Istvan.

Sur ce, il ralentit, mit le clignotant et le 4x4 s'engagea bientôt dans un garage souterrain.

Une fois le véhicule garé, ils entrèrent dans un ascenseur, avec deux gardes du corps. Istvan sortit un badge magnétique qu'il passa sur le lecteur, appuya sur un bouton, et la cabine monta vers le dernier étage – où se trouvait sans doute un restaurant avec une terrasse offrant un panorama grandiose sur la ville, présuma Indigo.

Les portes coulissèrent. Ils débouchèrent sur un hall carré sur lequel donnaient quatre portes numérotées de un à quatre. Elle s'était trompée, il ne s'agissait pas d'un restaurant mais d'un appartement…

Istvan s'avança vers la porte qui portait le numéro un en chiffre doré, l'ouvrit et se retourna vers Indigo.

— Entre.

Quand elle passa devant lui, avec Duc dans ses bras, et qu'elle huma les effluves épicés et mâles, son cœur se mit à battre la chamade.

Mais au lieu d'un immense appartement moderne à l'ameublement minimaliste, elle découvrit une immensité de ciel et de verdure. Il y avait des plantes partout.

Stupéfaite, elle se retourna vers Istvan qui se tenait à côté de la porte refermée.

— Où sommes-nous ?

— Dans mon nouvel appartement, que j'ai fait rénover entièrement par un architecte que je connais bien.

— C'est magnifique, dit Indigo en tournant les yeux vers le canapé d'angle et les fauteuils en cuir beige. Et cet endroit ne ressemble en rien au palais.

— Non. C'est pour cela que je l'ai acheté et fait refaire à mon idée.

— Je ne savais pas que tu aimais autant les plantes.

— J'aime être dans la nature, alors j'ai fait entrer la nature chez moi.

— Je crois que Duc a envie d'explorer les lieux, dit Indigo qui avait du mal à l'empêcher de gigoter dans ses bras.

— Laisse-le faire, il est chez lui. J'ai fait apporter tout ce dont il a besoin.

Elle détacha la laisse du collier et posa le chiot sur le parquet. Puis, le laissant fureter un peu partout, elle s'avança dans le stupéfiant espace ouvert et déambula entre les différentes variétés de plantes, au milieu desquelles se trouvaient des sculptures de marbre représentant des animaux. Un immense écran plat recouvrait presque entièrement le mur faisant face au canapé. Et, un peu à l'écart mais communiquant avec la pièce principale, Indigo découvrit une cuisine ultrasophistiquée qui paraissait ne jamais avoir servi.

— Tu l'as depuis quand, cet appartement ? demanda-t-elle en se rapprochant de la baie vitrée qui courait sur tout un côté de l'espace.

— Depuis quelques mois. Les travaux viennent juste d'être terminés. Je n'y ai encore jamais habité. Tu es ma première invitée.

Son cœur frémit. Elle se retourna vers Istvan qui s'avançait vers elle.

— Merci de partager ton espace privé avec moi.

— Je suis heureux que tu sois là. Assieds-toi, je t'en prie.

Indigo s'assit sur le sofa tandis qu'il s'installait dans un fauteuil. Jamais encore elle ne l'avait vu aussi détendu. Il était chez lui, dans son élément.

— Tu as faim ? J'ai prévu de dîner sur le balcon.

Non, il n'avait pas cet air serein et heureux, quand il se trouvait au palais.

Indigo se réjouit qu'il ait trouvé sa maison. Elle rentrerait en Grèce en emportant cette vision harmonieuse de l'homme qui la surprenait sans cesse et qu'elle ne se lassait pas de regarder. L'être merveilleux qui avait réussi à briser la carapace dont elle avait entouré son cœur.

13.

— Encore un peu de dessert ?

— Non, merci, répondit Indigo en reposant sa fourchette. Ce gâteau est délicieux mais je n'ai vraiment plus faim.

Istvan regarda les beaux yeux bruns où jouaient les reflets mordorés. Elle avait paru apprécier le dîner, en effet, mais elle n'avait pas mangé grand-chose.

Durant tout le repas, ils avaient bavardé tranquillement de choses et d'autres. Indigo avait paru détendue, mais à présent, elle redevenait distante. Presque sur ses gardes.

— La vue est vraiment splendide, dit-elle en prenant son verre de vin.

Elle se leva et se rapprocha de la balustrade.

— Je trouve aussi, murmura-t-il en la rejoignant.

Lentement, il leva la main et lui effleura la joue du bout des doigts.

— Indi, je…

— Nous devrions rentrer, l'interrompit-elle en s'écartant vivement. Il commence à faire froid.

Froid ? Elle aurait pu trouver mieux, comme prétexte. Mais Istvan ne la contredit pas et la suivit à l'intérieur, puis la laissa s'installer sur le sofa pendant qu'il allait voir si Duc dormait toujours dans son panier. Quand il se pencha au-dessus de lui, le chiot ouvrit les yeux, bâilla, et se rendormit aussitôt. Istvan le regarda en souriant, puis se redressa et alla s'asseoir à côté d'Indigo.

Un mur invisible les séparait de nouveau.

Il soupira et se passa la main dans les cheveux. Il détestait ce sentiment d'impuissance.

— Parle-moi, dit-il en se tournant vers elle.

Leurs regards se croisèrent, mais celui d'Indigo était impénétrable.

— De quoi ? demanda-t-elle avec calme.

Surtout, ne pas perdre patience, se répéta Istvan.

— Je suis désolé que mes parents se soient montrés aussi désagréables avec toi. Ils ont fait preuve d'un…

— Cesse de t'excuser, Istvan. Tu n'as rien à te reprocher. Ils sont comme ils sont, tu n'y peux rien. En revanche, je trouve tes sœurs très sympathiques.

— Vraiment ? Même Gisella ?

— Oui. Elle te malmène un peu parce qu'elle tient à toi, c'est tout.

— Si tu ne m'en veux pas à cause de ma famille, pourquoi ai-je l'impression que tu t'obstines à dresser un mur entre nous ?

— Tu es heureux, Istvan ? répliqua-t-elle après un léger silence.

Elle évitait sa question.

— Je n'en sais rien.

— Tu ne te poses jamais la question ?

Un sentiment de malaise se propagea en lui. Personne ne s'était jamais inquiété de savoir s'il était heureux.

— Je ne m'y suis jamais autorisé. Mon avenir était planifié dès avant ma naissance.

— Tu n'es pas obligé de faire ce que d'autres ont décidé pour toi. Tu n'es pas forcé de devenir roi – si cela ne te rend pas heureux.

Istvan se redressa et la dévisagea en plissant le front.

— Tu voudrais que je renonce à la Couronne ?

— Bien sûr que non. Je te dis seulement de ne pas faire

ce qui te rend malheureux. De trouver une façon d'être heureux, *ta* façon. Que ce soit ici ou au palais. Si tu n'es pas en harmonie avec ce que tu vis, tu ne seras d'aucun secours à ceux qui ont besoin de toi.

Il n'avait jamais considéré les choses de ce point de vue. En revanche, il savait ce qui le rendrait heureux, là, maintenant. Il regarda les beaux yeux d'Indigo et y vit le reflet de son propre désir.

— T'embrasser me rendrait heureux.

Sans attendre sa réaction, Istvan se rapprocha d'elle et prit sa bouche. Elle avait un goût de vanille et de vin blanc. Un goût suave et enivrant.

Et soudain, il eut la certitude que, même s'il ne savait pas encore comment il s'y prendrait, il trouverait un moyen de la revoir après qu'elle serait rentrée en Grèce.

Mais quand il l'enlaça pour l'attirer contre lui, Indigo lui posa les mains sur la poitrine et le repoussa.

— Je ne… Ce n'est pas possible, Istvan.

— Et voilà, tu recommences ! soupira-t-il, exaspéré. Tu dresses un mur entre nous. Pourquoi t'acharnes-tu à lutter contre l'inévitable ?

— Parce que ta famille n'hésite pas à se débarrasser de ceux qui les encombrent.

Elle avait prononcé ces paroles d'un ton si détaché qu'il en fut décontenancé, avant de réaliser à quoi elle faisait allusion.

— Tu parles de la façon dont ils ont traité mon oncle.

— Il ne s'agissait pas seulement de ton oncle. Des tas d'autres gens ont subi le même châtiment. Tes parents les ont bannis du pays, chassés de leurs maisons.

Pourquoi ces événements la touchaient-ils autant ? se demanda Istvan, surpris par l'émotion qui colorait sa voix. Elle était aussi jeune que lui, à l'époque, aussi ne pouvait-elle s'en souvenir.

— Tu as appris tout cela dans le livre que tu as acheté au village, je suppose.

— Non, je ne l'ai appris dans aucun livre, répliqua-t-elle avec une étrange douceur mêlée de tristesse.

— Indi, que se passe-t-il ? murmura-t-il en lui prenant la main. Parle-moi, s'il te plaît.

Elle le dévisagea un instant en silence.

— Je suis née à Rydiania.

— Comment cela ? demanda Istvan, désemparé. Tu vis en Grèce…

— J'étais toute petite lorsque mes parents sont allés s'installer en Grèce. Je suis née dans le village que tu aimes tant.

Brusquement, tous les morceaux du puzzle se mirent en place.

— C'est pour cela que tu voulais retrouver cette place.

— Oui. Notre maison donnait directement sur la fontaine.

— Pourquoi ne m'en as-tu pas parlé plus tôt ?

— Au début, j'ai cru que tu savais qui j'étais à cause de l'enquête que tu avais fait faire sur moi. Quand j'ai compris que tu ne savais rien, nous étions déjà ici, à Rydiania, et je ne pouvais pas me permettre de perdre ce travail. J'avais déjà utilisé l'avance que tu m'avais versée, pour installer ma mère dans une résidence services.

— Je suis perdu, là. Pourquoi t'aurais-je renvoyée si j'avais appris que tu étais née ici ?

— À cause de mon père, répondit-elle en baissant les yeux. De qui il était.

Un frisson glacé le traversa.

— Qui était ton père ?

Elle redressa la tête et le regarda, les yeux brillants de larmes contenues.

— Le secrétaire particulier du roi Georgios. Il a été banni en même temps que lui. Il a tout perdu.

Istvan se leva d'un mouvement brusque et se dirigea vers la baie vitrée. S'il ne s'était pas contenté de lire en diagonale le rapport concernant les antécédents d'Indigo, ils n'en seraient pas là. Il la comprenait tellement mieux, maintenant, sa méfiance, sa persistance à dresser un mur entre eux.

— Je suis désolée de ne pas te l'avoir dit plus tôt, murmura-t-elle dans son dos.

Une foule d'émotions se bousculaient en lui. Il en voulait à Indigo de lui avoir caché son passé ; il s'en voulait de ne pas avoir insisté quand il avait eu l'impression qu'elle lui cachait quelque chose ; il en voulait à ses parents d'avoir détruit tant d'existences pour préserver la Couronne – et de l'avoir fait souffrir en le séparant de son oncle adoré sans lui donner aucune explication, avant de lui interdire de communiquer avec lui.

Et brusquement, Istvan réalisa combien ç'avait dû être dur pour Indigo de revenir à Rydiania, puis de se retrouver face au roi et à la reine. Il songea au courage, à la force, qu'il lui avait fallu pour affronter cette épreuve.

— Je suis navré, pour toi et ta famille, dit-il en se retournant vers elle. Pour tout ce que vous avez enduré.

Ces paroles lui parurent bien pauvres, en comparaison de ce qu'ils avaient traversé, ce qu'ils avaient perdu. Il aurait voulu prendre Indigo dans ses bras, la serrer contre lui, mais il n'osa pas, de crainte d'être repoussé à nouveau.

— Ne sois pas navré. Tu n'as rien fait de mal. Tu n'étais qu'un enfant, à l'époque.

— Tes parents ont choisi d'émigrer en Grèce ?

— Oui, ma mère y avait des parents éloignés. Mon père ne s'y est jamais plu. Il n'a jamais plus été le même après notre départ de Rydiania. Il s'est mis à boire. Et un jour…

Les larmes roulèrent sur ses joues.

— Je…

— Tu n'es pas obligée d'en parler, tu sais ? dit doucement Istvan.

Cette fois, il l'enlaça et l'attira contre lui. Pour absorber sa souffrance. Il aurait fait n'importe quoi pour qu'Indigo se sente mieux, mais il ne pouvait que la serrer contre lui. Jamais il ne s'était senti aussi impuissant.

Au bout de quelques instants, elle redressa la tête et s'essuya les joues du revers de la main.

— Je suis rentrée à la maison et je l'ai trouvé... Il s'était suicidé.

De nouvelles larmes jaillirent de ses yeux.

— Quand il a été banni, après avoir passé tant d'années au service du roi – d'abord ton grand-père, puis Georgios –, il a perdu une partie de lui-même. Il... Il n'a plus jamais été entier. Ma mère était anéantie de voir l'homme qu'elle aimait se délabrer un peu plus chaque jour sans rien pouvoir faire pour l'en empêcher. Ça devait être atroce d'aimer quelqu'un et de se sentir aussi impuissante.

— Oui, ça devait être atroce, murmura Istvan.

— Toi aussi, tu as perdu un être que tu aimais.

Il resserra les bras autour d'elle pour la protéger de la souffrance, des souvenirs affreux. Ces gens avaient tellement souffert à cause de ses parents. Le roi et la reine ne devaient jamais savoir qui était Indigo, parce que sinon, ils la banniraient, comme ils avaient banni autrefois sa famille. Ils le feraient pour la séparer de leur fils, pour protéger la Couronne.

Lorsque Indigo leva les yeux vers lui, Istvan pencha la tête et l'embrassa en même temps qu'elle lui refermait les bras autour du cou et se pressait contre lui.

Le baiser avait un goût doux-amer. Un goût de tristesse, mais plus aucun mur ne les séparait.

Doucement, il écarta les lèvres des siennes et la regarda.

— Reste avec moi cette nuit, Indi.

— Tu me désires encore après ce que je t'ai dit ?

— Je te désire plus que jamais. Mais toi, me désires-tu ?

Le désir flamboya dans les yeux bruns.

— Oui, chuchota-t-elle.

Il la souleva dans ses bras et l'emporta dans la chambre. Mais après l'avoir étendue sur le lit, il resta penché au-dessus d'elle et lui dit doucement :

— Tu peux encore changer d'avis, tu sais ?

— Je ne changerai pas d'avis. Je te désire autant que tu me désires.

Les yeux étincelants, elle tendit les mains vers la ceinture de son pantalon, glissa les doigts sous les passants et l'attira vers elle.

14.

À leur retour au palais ce matin, ils avaient appris que les propriétaires de Duc avaient été retrouvés et qu'ils étaient très honorés que l'un de leurs chiots ait été recueilli par le prince héritier.

Un tel soulagement avait envahi les traits d'Istvan quand il avait compris que Duc lui appartenait officiellement, qu'Indigo avait été heureuse pour lui et pour le chiot. Elle n'avait aucune inquiétude à se faire – après son départ, Duc serait en sécurité, et aimé.

De son côté, elle avait l'impression de flotter dans une bulle de bonheur et ne pouvait s'empêcher de sourire, même si elle savait que dans deux jours, elle s'envolerait pour la Grèce. Jamais elle n'oublierait sa nuit délicieuse avec Istvan. Le souvenir de ces instants magiques, de la douceur, de la passion et de la tendresse partagées avec lui, demeurerait à jamais gravé dans sa mémoire et dans son cœur.

Vendredi soir, elle quitterait Rydiania et Istvan, mais d'ici là, elle comptait bien profiter au maximum du peu de temps qu'il leur restait.

Lors de la séance quotidienne de pose, elle avait saisi de nouvelles expressions chez son modèle et s'était efforcée de les traduire sur la toile. Indigo ne cherchait pas seulement à reproduire sa beauté virile, la noblesse de ses traits. Elle voulait exprimer sa personnalité profonde, sa générosité, sa disponibilité, son ouverture d'esprit, sa volonté de changement.

Quant au peintre choisi par la reine, il n'avait cessé de se plaindre comme d'habitude, disant que les jappements de Duc l'empêchaient de se concentrer et jetant des regards noirs en direction du chiot qui, installé aux pieds d'Istvan, mordillait son jouet avec entrain.

Après la séance, lorsque Istvan avait proposé un pique-nique dans les jardins du palais, Indigo avait failli lui sauter au cou. Mais elle s'était contentée de lui sourire car ils avaient décidé d'un commun accord de respecter le protocole royal qui interdisait toute marque d'affection en public.

Istvan aurait voulu que cet après-midi ne se termine jamais. Duc lui-même semblait partager sa joie et avait tellement couru dans tous les sens en jappant gaiement qu'il était exténué et faisait maintenant la sieste, blotti entre ses jambes.

La nuit passée, tout avait changé entre lui et Indigo. Et pas seulement à cause de leurs fabuleuses étreintes. Ils avaient appris à se faire confiance en tout. Jamais il n'avait partagé une telle intimité avec une femme. Une telle complicité. Une telle harmonie.

Son smartphone émettant un petit *ping*, il le sortit de sa poche en soupirant.

— Je commence à détester ce son.

— Change de tonalité, répliqua Indigo en rassemblant les assiettes et les couverts.

— Non, cela ne servirait à rien. Si je le déteste, c'est parce qu'il me rappelle que j'ai des obligations alors que je ne désire qu'une chose : rester ici avec toi.

Istvan jeta un coup d'œil alentour pour voir si quelqu'un les observait. Personne à l'horizon. Il se pencha vers Indigo, lui saisit le poignet et l'attira doucement vers lui.

— Qu'est-ce que tu fais ? Pas de marque d'affection en public, Altesse !

— Il n'y a pas de public, murmura-t-il contre ses lèvres.

Ping.

Il retint un juron tandis qu'Indigo s'écartait de lui en riant.

— Comment peux-tu rire ? demanda-t-il en fronçant les sourcils. Ce n'est pas juste que je sois obligé de te quitter pour aller participer à une réunion ennuyeuse.

— Il y a pire.

— Non. Et c'est ta faute.

— Ma faute ? fit-elle, les yeux pétillants de malice. Vous m'en voyez désolée, Altesse.

— Viens là..., murmura-t-il en l'attirant de nouveau contre lui pour l'embrasser.

Seigneur, il ne se lasserait jamais de ces baisers...

Istvan écarta à regret ses lèvres des siennes.

— Ça m'aidera à tenir jusqu'à ce soir...

— Qui te dit que tu auras droit à d'autres baisers ce soir ? répliqua-t-elle, une lueur espiègle au fond des yeux.

— Oh ! c'était juste une impression...

Elle se leva et exécuta une parodie de révérence.

— Nous en reparlerons plus tard, Altesse. Allez, allez, on vous attend ! lança-t-elle d'un ton faussement sévère.

Ils étaient à peine entrés dans le grand hall que la reine déboucha d'un couloir et se dirigea droit vers eux.

— Je souhaite vous voir tous les deux, dit-elle sans autre préambule. Je vous attends dans la bibliothèque.

Indigo la regarda s'éloigner en tressaillant. Il ne s'agissait pas d'une invitation mais d'un ordre. Quant à Istvan, il soupira et, au lieu de se diriger vers l'escalier, il prit la direction de la bibliothèque.

Quand ils pénétrèrent dans la grande pièce à l'atmosphère paisible et aux murs tapissés de livres, la reine, assise dans un imposant fauteuil à oreilles, garda d'abord le silence. Ce qui ne présageait rien de bon, pressentit Indigo.

Au même instant, Sa Majesté passa à l'attaque.

— Sais-tu qui est cette soi-disant artiste ? demanda-t-elle de but en blanc à son fils.

— Je sais tout ce que j'ai besoin de savoir concernant Indigo.

— Je ne pense pas, sinon tu ne t'ébattrais pas avec elle dans les jardins du palais.

Indigo retint un mouvement de stupeur Ils avaient été espionnés !

— Nous ne nous *ébattions* pas, répliqua Istvan, agacé.

— Soit, mais elle ne t'en a pas moins menti sur son identité.

— Je sais qui elle est, déclara fermement Istvan.

— Non, tu ne sais rien. Son père a été banni du royaume.

— Je suis au courant.

Il contenait sa colère à grand-peine. Indigo la sentait bouillonner en lui.

— Comment ? s'exclama la reine, le visage blême. Et tu as passé la nuit avec elle ? Tu as mis la Couronne en danger pour cette femme ? Tu es le prince héritier. Elle n'est qu'une…

— Votre fils n'a rien mis en danger, l'interrompit Indigo en s'avançant d'un pas. Nous sommes amis, lui et moi. Le prince Istvan ne m'a jamais laissé entrevoir qu'il pourrait y avoir autre chose entre nous. Et je ne ferais jamais rien qui puisse lui nuire ou lui porter préjudice.

— Si vous êtes venue ici avec quelque idée de vengeance…

— Taisez-vous, Mère, l'interrompit à son tour Istvan. Je ne vous laisserai pas insulter Indigo.

La reine le regarda en étrécissant les yeux.

— Je te conseille de ne pas oublier à qui tu t'adresses, Istvan.

Ils se défièrent du regard un long moment. Une tension palpable empreignait l'atmosphère. À cause d'elle. Indigo ne supportait pas qu'Istvan se brouille avec sa mère à cause d'elle.

— Je rentre en Grèce. Aujourd'hui.

Quand ils tournèrent tous les deux la tête vers elle, Indigo vit une lueur de triomphe dans les yeux de la reine, et de la tristesse dans ceux d'Istvan.

— Je vais demander qu'on prépare le jet royal, dit la reine.

Le mot « merci » resta coincé dans la gorge d'Indigo.

— Non, dit Istvan.

On frappa à la porte.

— Entrez, dit la reine.

Le secrétaire particulier d'Istvan apparut et s'inclina profondément.

— Pardonnez-moi de vous déranger, Majesté. Le roi m'envoie informer Son Altesse qu'il l'attend depuis bientôt cinq minutes.

Indigo s'éclipsa. Elle n'avait plus rien à faire là. Mais Istvan la rattrapa alors qu'elle traversait le grand hall.

— Tu n'as pas rendez-vous avec le roi ? demanda-t-elle sans s'arrêter.

— Je n'irai pas avant que tu m'aies promis de ne pas partir.

— Cela vaudra mieux, répliqua-t-elle avec calme. Pour tout le monde.

À commencer par elle-même. Parce qu'elle était tombée folle amoureuse de lui et que cet amour n'avait aucun avenir.

Ping. Trois fois de suite.

— Il faut vraiment que j'y aille, soupira Istvan. Mais je te rejoins dès que je peux me libérer. Il faut que nous en parlions tous les deux – OK ?

Sans attendre sa réponse, il pencha la tête et l'embrassa, avant de se redresser et de s'éloigner à grands pas.

La mort dans l'âme, Indigo le regarda disparaître au fond du couloir. Parce que ce baiser était leur baiser d'adieu.

Tous les contes de fées avaient une fin, et pas forcément une fin heureuse, hélas.

Istvan s'avança rapidement dans le long couloir, pressé de rejoindre Indigo. Il avait cru que ce fichu entretien ne se terminerait jamais, bon sang !

Il s'arrêta devant la porte et frappa.

— Indi ? C'est moi.

Un affreux pressentiment le gagna. Il toqua de nouveau. Toujours pas de réponse. Fou d'inquiétude, il ouvrit la porte et resta figé sur place.

Tous les carnets de croquis habituellement posés sur le secrétaire en acajou avaient disparu.

Un étau lui enserra la poitrine. Istvan se précipita vers le dressing. Toutes les affaires d'Indigo avaient disparu, sauf les robes qu'il lui avait offertes.

Subitement, il eut l'impression de manquer d'air. Il se dirigea vers le lit en titubant et se laissa tomber dessus.

Pourquoi ne l'avait-elle pas attendu ?

— Istvan ? fit la voix de Gisella derrière lui.

Il se frotta les yeux et inspira profondément, puis se leva en gardant le dos tourné à sa sœur.

— Que veux-tu ?

— Je suis au courant, pour Indigo. Je suis désolée. Mais c'est mieux ainsi, tu le sais.

— Vraiment ? rétorqua-t-il en se retournant vers elle. Eh bien, je ne partage pas ton avis.

— Istvan ? commença Gisella d'une voix inquiète. Tu…

— Serais-tu heureuse si tu n'avais que la Couronne dans ta vie ?

— Naturellement, répondit-elle sans la moindre hésitation.

Pas lui. La Couronne ne lui suffirait jamais. Elle ne le rendrait jamais heureux.

— Tu pourrais te contenter de cela ?

— Je ne m'en *contenterais* pas. Cela remplirait toute ma vie.

— Mon problème, au fond, c'est que je ne dois pas être fait pour ça. La vraie héritière de la Couronne, c'est sans doute toi.

— Pour une fois, je suis entièrement d'accord avec toi, répliqua-t-elle en lui tendant l'enveloppe qu'elle tenait à la main. Indigo m'a chargée de te remettre ceci.

Il s'avança vers Gisella et prit l'enveloppe, sans trop savoir s'il avait envie d'en connaître le contenu. Mais dès que sa sœur fut partie, il ne put s'empêcher de l'ouvrir.

Pardonne-moi de ne pas t'avoir attendu. Mais je savais que si je te revoyais, tu réussirais à me dissuader de partir. Ta mère avait raison sur un point : tu es le prince héritier. J'ajouterai que tu seras le meilleur roi que Rydiania ait jamais eu. Le pays, les gens ont besoin de toi. Je n'oublierai jamais les moments que nous avons passés ensemble, mais nous devons tous les deux avancer. Moi avec mon exposition et toi avec tes projets.

Bonne chance, Istvan.

Indi.

P-S : Fais un câlin à Duc pour moi.

Après avoir lu cette lettre, Istvan fut certain d'une chose : Indigo comptait plus que tout pour lui, et sans elle, sa vie n'avait pas de sens.

Il la retrouverait et ils ne se quitteraient plus, quoi qu'il lui en coûte. Parce qu'il l'aimait. Il l'aimait depuis le premier jour. C'était aussi simple que cela.

15.

Tout avait changé.

Elle avait changé.

Depuis son retour, rien n'était plus comme avant. Sa mère venait d'emménager dans l'appartement de ses rêves et Indigo était heureuse pour elle. Mais sa propre vie lui paraissait affreusement terne.

Cela faisait déjà plusieurs jours qu'elle était rentrée, mais elle n'avait pas eu le cœur de travailler au portrait d'Istvan, tout en sachant qu'elle ne pourrait repousser indéfiniment le moment de s'y remettre. Il lui avait envoyé le solde de ses honoraires le lendemain du jour où elle avait quitté Rydiania. Peut-être pour tirer un trait définitif sur leur histoire.

Indigo n'avait pu s'empêcher d'espérer qu'il l'appelle, mais il n'en avait rien fait. Tout était bel et bien terminé.

Mais ce soir, elle ne pensait pas trop à lui. Parce que ce soir, c'était le vernissage de son exposition et qu'elle était tout excitée.

Pour l'occasion, elle avait choisi la robe bleu nuit qu'elle portait le soir où il l'avait emmenée chez lui, en ville. C'était la seule qu'elle ait emportée et elle lui avait bien sûr envoyé de l'argent pour le rembourser, après avoir estimé sa valeur en fonction des prix pratiqués par la styliste qui l'avait créée.

— Tu es contente ? demanda Franco, son agent.

— Je n'en reviens pas de voir autant de monde ! Et tous ces journalistes… Comment as-tu réussi à les attirer ?

— Je n'y suis pour rien. Je me suis contenté d'inviter ceux que je connais, et quand j'ai vu toute cette meute, j'ai cru que tu en avais fait venir de ton côté.

— Pas du tout.

— Peu importe la façon dont ils l'ont appris, l'essentiel c'est qu'ils soient là. D'ici à demain, tout Athènes connaîtra ton nom. Et ce n'est que le début !

Indigo le remercia d'un sourire. Son nom ne serait jamais aussi célèbre que celui de Jackson Pollock ou de Georgia O'Keeffe, mais s'il devenait connu dans le monde de l'art, elle aurait réalisé son rêve.

Soudainement, il y eut de l'agitation du côté de l'entrée de la galerie. Les flashs crépitèrent, des exclamations montèrent de toutes parts.

— Que se passe-t-il ? demanda-t-elle à Franco.

— Une célébrité vient d'arriver, je suppose.

— Qui est-ce ?

— Je n'en sais rien. J'ai envoyé des invitations mais n'ai pas eu de retours.

À cet instant, la foule s'écarta et Istvan apparut, sublime dans un élégant costume noir et une chemise de soie blanche, et tenant un adorable chiot dans ses bras.

Le cœur battant à tout rompre, Indigo le regarda, n'en croyant pas ses yeux. Puis elle s'avança vers lui et caressa le museau de Duc qui lui lécha aussitôt les doigts.

— Et moi ? Je n'ai pas droit à un bonjour ? demanda Istvan.

Les gens avaient sorti leurs smartphones pour prendre des photos ou filmer la scène.

— Bienvenue, Altesse, dit-elle en s'inclinant profondément devant lui.

— Je t'en prie, Indi, murmura Istvan.

— Je te fais visiter l'exposition ? répliqua Indigo en souriant.

— Avec plaisir.

Mon Dieu, l'éclat illuminant les beaux yeux bleus… Tout en s'avançant avec lui dans la galerie, elle se demanda ce qu'il faisait en Grèce. Sa présence lui redonnait espoir, mais elle savait hélas que rien n'était possible entre eux.

Il fallait absolument qu'ils parlent, en tête à tête.

Se dirigeant vers le bureau, Indigo l'invita à y entrer, puis referma la porte derrière elle.

— Je peux prendre Duc ?

Istvan lui tendit le chiot.

— Tu ne devrais pas être ici, dit-elle d'une voix légèrement tremblante.

— Au contraire, c'est le seul endroit où je dois être.

Il se rapprocha, lui prit Duc des bras et le déposa sur le sol.

— Tu m'as manqué, poursuivit-il en la regardant dans les yeux.

Son cœur battait si fort qu'il devait l'entendre.

— Toi… Toi aussi, tu m'as manqué. Mais tu n'aurais pas dû venir ici. Ta présence va faire le buzz sur les réseaux sociaux, les médias vont…

— Je m'en fiche.

— Comment peux-tu dire cela ? Tu es le prince héritier, Istvan ! Tu ne peux pas tourner le dos à ton devoir et…

— Je le peux et je l'ai fait, l'interrompit-il doucement.

— Qu'est-ce que tu dis ? demanda Indigo, interdite. Istvan, rien n'est possible entre nous, tu le sais. Tu as ta vie, et j'ai la mienne.

— C'est là que tu te trompes. Parce que là où tu iras, j'irai.

— Tu ne peux pas !

Qu'est-ce qu'il lui prenait ? Pourquoi ne l'écoutait-il pas ?

— Et toi, peux-tu me regarder dans les yeux et me dire que tu ne m'aimes pas ?

Ce n'était pas possible. Elle rêvait. Mais quand elle

plongea son regard dans le sien, Indigo comprit qu'elle ne rêvait pas. Istvan était sérieux.

Non. Elle ne pouvait pas le laisser renoncer à son avenir, son destin, sa famille. Elle ne le laisserait pas sacrifier tout cela pour elle.

— Tu ne peux pas faire une chose pareille, dit-elle, la voix rauque.

— Oh si, je peux. Ne comprends-tu pas que sans toi, je ne suis rien ?

— Sans moi, tu es un prince – le futur roi de Rydiania.

— Je préférerais de loin être le prince de ton cœur.

Il ne lui facilitait vraiment pas la tâche. Elle brûlait de se laisser aller, d'accepter ce qu'il lui proposait.

— Istvan, je t'en supplie, sois raisonnable. Que ferais-tu si tu n'étais plus prince ?

— Tu me crois incapable de faire autre chose ? répliqua-t-il en haussant les sourcils.

— Je..., murmura-t-elle, les joues en feu. Bien sûr que non. Ce n'est pas ce que je voulais dire. Je...

Le merveilleux sourire éclaira le beau visage d'Istvan.

— C'est fait, Indigo.

— Qu'est-ce qui est fait ? demanda-t-elle dans un souffle.

— J'ai renoncé à la Couronne. C'est Gisella qui sera reine. Elle aurait toujours dû être l'héritière du trône. Pour elle, la Couronne passe avant tout le reste.

Indigo eut l'impression que le sol se dérobait sous ses pieds. Elle se raccrocha au bureau de crainte de s'effondrer. Istvan se rapprocha d'elle et quand elle leva les yeux vers lui, elle comprit qu'il était en paix avec sa décision.

— Tu ne peux pas abandonner ta famille pour moi, dit-elle d'une voix à peine audible. Tu le regretteras, et je ne...

— Détends-toi, Indi. Je n'ai pas rompu avec ma famille.

— Ah bon ? fit-elle, soulagée mais confuse.

— Étant donné que je n'avais pas encore été couronné,

il n'était pas nécessaire de me bannir. Je ne suis plus le prince héritier, c'est tout.

— Mais tu es toujours prince ?

— Absolument.

— Oh… Je craignais que tu subisses le même sort que mon père et ton oncle.

— Aucun risque que cela m'arrive. Surtout si je t'ai auprès de moi.

— Mais pourquoi as-tu fait cela ?

— Parce que je t'aime. J'aime celle que tu es et j'aime celui que je suis quand nous sommes ensemble. Alors, si tu ne me dis pas que tu ne m'aimes pas, j'envisage de te suivre partout où tu iras.

Des larmes de joie lui brouillèrent la vision.

— Et si je te dis que je ne t'aime pas ? demanda-t-elle en battant des cils.

— Alors j'irai vivre en ermite dans une hutte au sommet d'une montagne, et je tâcherai de raccommoder mon cœur brisé.

— Pas question, dit Indigo en souriant.

— Non, murmura Istvan. Parce que je t'aime et que je sais que tu m'aimes aussi.

Les larmes roulèrent sur ses joues, mais elle ne fit rien pour les retenir.

— Oui, je t'aime.

Quand il l'enlaça et la serra contre lui, elle sut au fond de son cœur que leur union était juste. Parce que avec Istvan, elle devenait meilleure. Et qu'elle non plus ne pouvait imaginer de vivre sans lui. Il était le prince de son cœur et le resterait toujours.

Épilogue

Sur l'île du Ludus, trois mois plus tard

Indigo avait l'impression de nager dans le bonheur. Après son exposition à la galerie, sa carrière s'était envolée de façon spectaculaire. Jamais elle n'aurait imaginé que ses toiles se vendraient à des prix aussi élevés. Elle n'avait plus d'inquiétude à se faire sur le plan matériel, à présent, et sa mère pourrait rester à vie dans sa résidence où elle s'était parfaitement adaptée.

Le portrait d'Istvan était maintenant exposé dans le salon d'honneur du palais, et elle préparait une exposition qui aurait lieu dans une galerie qui venait d'ouvrir. Et, grâce à Franco qui avait des contacts à Paris, son travail commençait à être connu en France.

Et surtout, elle passait le plus de temps possible avec son beau prince charmant.

Depuis qu'Istvan avait renoncé à son titre de prince héritier, le roi et la reine s'étaient radoucis vis-à-vis de lui – et Indigo était désormais la bienvenue à la table familiale. Ils ne lui sautaient pas au cou, loin de là, mais toute hostilité avait disparu et elle les voyait maintenant avec plaisir.

Istvan séjournait fréquemment au Ludus où il disposait d'une suite attitrée. Sinon, il vivait dans son appartement en ville. Ils se retrouvaient le plus souvent possible et séjournaient ensemble soit en Grèce, soit à Rydiania.

Ce jour-là, il lui avait demandé de venir le rejoindre au Ludus mais quand elle alla le retrouver dans sa suite, il n'y était pas.

Elle venait à peine de lui envoyer un SMS pour le prévenir de son arrivée qu'il lui répondit qu'il l'attendait dans le patio.

Dès qu'elle franchit l'immense baie vitrée, il s'avança vers elle en souriant tandis qu'elle se précipitait dans ses bras et lui offrait ses lèvres. Jamais elle ne se lasserait de ses baisers.

— Alors ? Je peux savoir pourquoi tu m'as demandé de venir ? demanda-t-elle en écartant son visage du sien.

— J'ai quelque chose à te montrer.

— Ici ? Alors qu'il fait presque nuit ?

Pour toute réponse, il lui sourit, de ce lent sourire qui la faisait chavirer à chaque fois, puis il lui prit la main et l'entraîna jusqu'à l'extrémité du patio.

Des couples s'étaient assis un peu plus loin pour admirer le coucher du soleil, d'une beauté spectaculaire, comme toujours.

Sur la plage, Indigo aperçut des bougies votives… dont les flammes tremblantes formaient une phrase :

ÉPOUSE-MOI, INDI.

Émue aux larmes, elle se tourna vers Istvan et le vit poser un genou à terre, puis sortir de sa poche un petit écrin noir qu'il ouvrit et lui tendit.

— Tu veux bien être ma princesse ?

Elle eut l'impression que son cœur s'arrêtait de battre, puis qu'il allait exploser.

— Oui ! *Oui !*

Se redressant, Istvan lui glissa au doigt l'anneau de platine serti d'un rubis taillé en forme de cœur.

— Alors comme ça, tu crois à la légende du *Cœur de rubis* ? demanda Indigo.

— Il semble que cela ait fonctionné pour nous, répondit-il avec un petit sourire en coin. Et pour Hermione et Atlas aussi, j'ai l'impression.

Elle contempla le magnifique rubis et murmura :

— À qui le tour, maintenant… ?

— Je n'en sais rien, mais je leur souhaite d'être aussi heureux que nous, répliqua Istvan en lui enlaçant la taille.

— Tu es vraiment heureux ? chuchota Indigo.

— Je vais te le dire… mais pas avec des mots, murmura-t-il contre sa bouche.

— Tous les modes d'expression m'intéressent, tu le sais, répliqua-t-elle, taquine. Surtout quand il s'agit de toi…

Vous avez aimé ce roman ?
Retrouvez en numérique l'univers de Jennifer Faye :

1. *Le rêve d'Hermione*
2. *Un désir royal*

Et découvrez la suite de votre série dès le mois prochain dans votre collection Azur !

Retrouvez prochainement,
dans votre collection

AZUR

Secrétaire ou princesse, d'Emmy Grayson - N°4620

Enceinte. Clara peine à croire le résultat qui s'affiche en lettres de feu sur son test de grossesse. Quelques semaines plus tôt, elle a perdu la raison entre les bras d'Alaric Van Ambrose et voilà qu'elle doit en assumer les conséquences. Sauf que son amant d'une nuit n'est autre que son patron – un prince de surcroît ! Alors qu'elle se désespère de cette situation inattendue, Alaric lui fait une proposition aussi folle que séduisante : quitter son poste de secrétaire pour devenir sa princesse…

La trahison d'un Italien, d'Annie West - N°4621

Dans la suite nuptiale de l'hôtel le plus prestigieux de Rome, Ida rejoint le cœur battant son tout nouvel époux. Et dire que Cesare Brunetti l'a choisie, elle, parmi toutes ces aristocrates qui lui tournaient autour ! Troublée à la perspective de sa nuit de noces avec le sublime héritier, elle déchante quand ce dernier lui révèle tout le mépris qu'il a pour elle. Sans le savoir, Ida s'est unie à l'ennemi juré de sa famille. Et, pour échapper à une vie de souffrance, il ne lui reste plus qu'une option : fuir…

Scandaleuse nuit au palais, de Maya Blake - N°4622

Douze ans plus tôt, le cheikh Tahir a failli perdre son trône et son honneur pour une femme. Mais, alors qu'il a tout fait depuis pour l'oublier, voilà que se présente aujourd'hui devant lui Lauren Winchester. La belle a gardé le pouvoir de le troubler, comprend-il aussitôt, avant de se ressaisir. Si Lauren se trouve dans son palais, c'est pour lui demander son aide, or Tahir compte profiter de cet avantage pour clore enfin leur histoire au goût d'inachevé…

La mémoire des sens, de Rebecca Winters - N°4623

Luna est bouleversée. Son époux, le prince Rinieri Baldasseri, qu'elle croyait mort à la suite d'un tremblement de terre, est vivant ! Alors qu'elle émerge d'un long cauchemar, un nouveau coup vient la frapper de plein fouet : Rini l'a oubliée. Envolés, leurs moments complices, leurs nuits torrides… Incapable de renoncer à leur bonheur passé, Luna ramène Rini chez eux, au palais de San Vitano, avec l'espoir secret de raviver en lui la flamme de la passion pour que renaissent leurs souvenirs…

Un dangereux aveu, de Julia James - N°4624
« Si quelqu'un a une raison de s'opposer à cette union, qu'il parle maintenant ou se taise à jamais. » Les mots du prêtre résonnent dans l'église médiévale italienne, tandis qu'Ariana se lève pour interrompre la noce. Face à une assistance médusée, elle révèle alors attendre un enfant de Luca Farnese, le futur marié ! Le scandale est immédiat, retentissant, mais il paraît moins dangereux à Ariana que le regard noir de l'homme qui fut son amant avant d'être son ennemi…

Une alliance avec Gianni Renzetti, de Lynne Graham - N°4625
Leur alliance sauverait Josephine de la ruine, et son ami d'enfance du scandale. Doit-elle néanmoins accepter d'épouser ce dernier ? Certes, Gianni Renzetti lui permettrait de conserver le domaine familial de Ladymead, mais il n'est pas un homme pour elle. Depuis toujours, il conquiert le monde et les femmes, tandis qu'elle aspire à une vie calme et rangée. Hélas, Josephine est dans l'impasse. Comment pourrait-elle dire non à Gianni alors qu'il tient entre ses mains son avenir… et son cœur ?

La belle et le ténébreux, de Clare Connelly - N°4626
Depuis six ans, Thirio Skartos mène une vie de reclus, au sein de son château perdu dans les Alpes. Ainsi coupé du monde de débauche dans lequel il s'est perdu autrefois, il espère expier ses fautes. Jusqu'au jour où la tentation vient frapper à sa porte, sous les traits d'une délicate créature prénommée Lucinda. D'abord furieux d'être dérangé dans son antre, il ne peut s'empêcher d'être séduit par la belle. Au point de rompre son vœu de solitude pour explorer avec elle le désir qui les pousse l'un vers l'autre…

Le milliardaire sans limites, de Lucy King - N°4627
SÉRIE : *LES FILS PERDUS D'ARGENTINE* - 3/3
Il n'a aucune limite. Elle n'aura aucune échappatoire… Le milliardaire Max Kentala joue selon ses propres règles et ne laisse personne se mettre en travers de son chemin. Aussi est-il d'abord méfiant à l'égard de la détective privée qui débarque dans son existence pour lui révéler le mystère de ses origines. Pourtant, seul avec la tenace Alexandra Osborne aux Caraïbes, il sent le désir le gagner et sa raison fléchir. Et, bientôt, Max ne songe plus qu'à conquérir la belle intruse…

Le yacht de la passion, de Tara Pammi - N°4628

SÉRIE : *RELATIONS PRIVÉES* - 3/3

Après avoir fui un mariage forcé, Clare trouve refuge… sur un yacht. Comme si la situation pouvait être pire, elle découvre que le propriétaire du luxueux bateau n'est autre que Dev Kohli, le milliardaire avec lequel elle s'est abandonnée à la passion autrefois. À mesure qu'elle vogue à ses côtés vers une destination paradisiaque, Clare se demande si en échappant à son destin elle ne s'est pas exposée à un danger plus grand encore – celui de tomber amoureuse d'un homme avec qui elle n'a aucun avenir…

Liaison grecque, de Jennifer Faye - N°4629

Depuis leur rencontre, Adara et Krystof entretiennent une liaison torride – et sans engagement. Mais Adara finit par se lasser de ces rendez-vous trop brefs et met fin à leur histoire vouée à l'échec. Jusqu'à ce qu'elle retrouve Krystof sur une île privée grecque, pour y préparer avec lui le mariage de leurs meilleurs amis. Dans ce cadre enchanteur, les derniers vestiges de sa raison s'évanouissent pour laisser libre cours à une passion dévorante…

L'empreinte du désir, de Heidi Rice - N°4630

Xanthe est troublée : pour récupérer l'héritage qui lui permettra de sauver son entreprise, elle n'a d'autre choix que d'aller à la rencontre de Dane Redmond, son mari, et de lui faire signer une fois pour toutes les papiers de leur divorce… Si l'idée de revoir celui qui l'a brutalement quittée dix ans plus tôt ne l'effraie pas – ne s'est-elle pas affranchie de son joug, en devenant une femme d'affaires accomplie ? –, elle comprend pourtant, lorsqu'elle pénètre dans le majestueux bureau de Dane, que les choses ne seront pas si simples. Car, à la seconde où leurs regards se croisent, elle se sent chavirer de désir…

PASSIONS

Rêve. Trahison. Tentation.

Un homme et une femme.
Deux héros que tout oppose.
Ils n'ont rien en commun…
Ils ne croient plus en l'amour…
Ils sont amants… Ils sont rivaux…
Ils n'étaient pas censés s'aimer.
Et pourtant…
Ils vont renouer avec la passion.

6 livres à découvrir tous les mois.

Harlequin vous offre un large choix de littérature sentimentale !

Sélectionnez votre style parmi toutes les idées de lecture proposées !

www.harlequin.fr

- **Découvrez** toutes nos actualités, exclusivités, promotions, parutions à venir...
- **Partagez** vos avis sur vos dernières lectures...
- **Lisez** gratuitement en ligne
- **Retrouvez** vos abonnements, vos romans dédicacés, vos livres et vos ebooks en précommande...

L'application Harlequin

- Des **ebooks gratuits** inclus dans l'application
- **50 nouveautés tous les mois** et + de 7 000 ebooks en téléchargement
- Des **petits prix** toute l'année
- Une **facilité de lecture** en un clic hors connexion
- Et plein d'autres avantages...

Téléchargez notre application gratuitement

Télécharger dans l'App Store

DISPONIBLE SUR Google Play

VOTRE COLLECTION PRÉFÉRÉE DIRECTEMENT CHEZ VOUS

Vous souhaitez découvrir nos collections ? Une fois votre 1er colis à prix mini reçu, si vous souhaitez continuer à recevoir nos livres, cela se fera automatiquement. Vous n'avez aucune obligation d'achat et cette offre est sans engagement de durée !

Dans votre 1er colis, 2 livres au prix d'un seul
+ en cadeau le 1er tome de la saga *La couronne de Santina.*
8 tomes sont à collectionner !

☛ COCHEZ la collection choisie et renvoyez cette page au
Service Lectrices Harlequin – CS 20008 – 59718 Lille Cedex 9 – France

Collections	Prix 1er colis	Réf.	Prix abonnement (frais de port compris)
❑ **AZUR**	4,75€	AZ1406	6 livres par mois 31,49€
❑ **BLANCHE**	7,30€	BL1603	3 livres par mois 25,15€
❑ **LES HISTORIQUES**	7,30€	LH1202	2 livres par mois 17,69€
❑ **PASSIONS**	7,80€	PS0903	3 livres par mois 26,79€
❑ **BLACK ROSE**	7,90€	BR0013	3 livres par mois 27,09€
❑ **HARMONY***	5,99€	HA0513	3 livres par mois 20,76€
❑ **SAGAS***	7,99€	SG2303	3 livres tous les 2 mois, 29,46€
❑ **VICTORIA**	7,80€	VI2115	5 livres tous les 2 mois 42,59€
❑ **GENTLEMEN***	7,50€	GT2022	2 livres tous les 2 mois 17,95€
❑ **NORA ROBERTS***	7,90€	NR2402	2 livres tous les 2 mois prix variable**
❑ **HORS-SÉRIE***	7,70€	HS2812	2 livres tous les 2 mois 18,65€

*livres réédités / **entre 18,45€ et 18,85€ suivant le prix des livres

F23PDFM

N° d'abonnée Harlequin (si vous en avez un) ________

Mme ❑ Mlle ❑ Nom : ________

Prénom : ________ Adresse : ________

____

Code Postal : ______ Ville : ________

Pays : ________ Tél. : ________

E-mail : ________

Date de naissance : ________

Date limite : 31 décembre 2023. Vous recevrez votre colis environ 20 jours après réception de ce bon. Offre soumise à acceptation et réservée aux personnes majeures, résidant en France métropolitaine, dans la limite des stocks disponibles. Prix susceptibles de modification en cours d'année. Vous pouvez demander à accéder à vos données personnelles, à les rectifier ou à les effacer. Il vous suffit de nous écrire en nous indiquant vos nom, prénom et adresse à : Service Lectrices Harlequin CS 20008 59718 LILLE Cedex 9. Service Lectrices disponible du lundi au vendredi de 9h à 17h : 01 45 82 47 47.

Harlequin® est une marque déposée du groupe HarperCollins France – 83/85, 30 Vincent Auriol – 75646 Paris cedex 13. SA au capital de 1 149 680€ – R.C. Paris. Siret 31867159100069/APE5811Z.